奪われ令嬢は盗賊王子の溺愛花嫁に転身します

悠月 彩香

illustration 御子柴リョウ

Ruhuna

Contents

キース(24)
アインシュヴェルの仲間。
かつては下級貴族の子息だった。
イリア(20)
メルシ男爵令嬢。
侍女としてヴィオレアに
仕えている。
デューン(36)
アインシュヴェルの
仲間でお目付け役。
アインシュヴェル(23)
自信家で俺様な盗賊頭領。
簒奪王とは大きな因縁がある。
ヴィオレア・
ユグス・イデアル(18)
ベルフィアー王国のイデアル公爵令嬢。
剣技が得意な芯の強い少女。
Biography

奪われ令嬢は盗賊王子の溺愛花嫁に転身します

ubawarereijo ha tozokuoji no
dekiaihanayome ni
tenshin shimasu

序章

「あぁ、ぁ……っ」

どのくらいの間、こうしているだろう。

肺の底からこみあげる吐息はすっかり乱れ、荒々しい男の手で開かれた身体《からだ》は何度も絶頂を迎えて、くたくたになっていた。

それでも、彼の熱は冷めることを知らないのか、深くヴィオレアの中に浸潤して、苦痛の先にある途方もない快感をその初心《うぶ》な身体に刻みつけるのだ。

異性同士の秘めやかな場所が結びつき、男の突起を埋め込まれた蜜孔からは、たとえようもない淫らな水音が鳴り響いている。

「まだ聞いてないぞ、ヴィオレア。俺を好きだと、言え」

彼女の白い脚を抱えながら、何度も腰を打ち付けてくる男を茫然《ぼうぜん》と見上げるヴィオレアは、血色がよくなった朱《あか》い唇をわずかに開いた。

でも、そこから漏れてくるのは意味のある言葉ではなく、快感の喘《あえ》ぎだけだ。

「ひぁ……っ、またぁ……っ、あっ、あっ……！」

敏感になった粘膜を幾度となく擦《こす》られるうちに、また視界が閉ざされて身体の隅々までじんわりとあたたかさに包まれた。

もう疲れ切っていて、責め立てられている間はつらいとさえ思うのに、絶頂に到達するたびに身体がそれを悦《よろこ》んで受け入れてしまう。

甘い疲労の吐息をつきながらも、愉悦を教えられるたびに乱れ、すべてを男の前にさらけ出した。

「俺を好きだと、言ってくれ――」

奪っているくせに懇願してくるから、ちょっとだけ意地悪な気分になって、ヴィオレアは唇を閉ざしてみせる。

すると、強情な唇をこじ開けるように男は唇を重ね、わずかな隙間を見つけて舌を忍ばせてきた。

こうなるともうヴィオレアには抗する術《すべ》もなく、身体の表面だけではなく口中までをも支配され、受け入れざるを得なくなる。

つい数日前までは、大きな邸《やしき》で平穏な生活を送っていたはずなのに。

――両親も兄もとうに冥府へ旅立ってしまったが、ひとり残されたヴィオレアは、公爵家の娘として家令や従僕たちにかしずかれながら生きてきた。

本当だったら今頃は、国王の花嫁として王城に迎え入れられているはずだったのだ。

だというのに、今こうして、山奥にある粗末な小屋の中で荒々しい青年に身も心も奪われている。

今夜、この砂色の瞳をした男に初めてを穿《うが》たれ、ヴィオレアは乙女《おとめ》ではなくなった。

砂色の瞳が発する眼光は鋭い刃《やいば》のようで、それに囚《とら》われたヴィオレアは蜘蛛《くも》の巣にかかった蝶《ちょう》も同然だ。

ちっとも容赦などしてくれないのに、その強淫が心地よくていけない。

男のたくましい腰には、ぐるりと囲うように鎖を模した茨《いばら》の紋身《タトゥー》が彫り込まれており、彼がありきたりな人生を送ってきたわけではないことが一目で見て取れた。

こんな普通ではない男なのに、彼に貫かれるたびにドクドクと鼓動を刻む胸は、言い知れぬ幸福感に満たされる。

広い背中に手を這《は》わせて、自ら身体をつなぎ合わせようとした。

身体の厚みが、生々しく異性の肉体を感じさせる。

こんなたくましい筋肉に鎧《よろ》われた身体の持ち主にならば、負けても仕方ないと思えた。

「は……っ」

一瞬、息を止めた男は、ヴィオレアから身体を離しながら、深くを抉《えぐ》っていた楔《くさび》を引き抜く。

彼女の中からあふれた蜜と、破瓜《はか》の血が混じり合って濡《ぬ》れる陽根の先端から、どろりとした白濁が吐き出され、ヴィオレアの震える腹部を汚した。

これももう何度目になるだろうか……。

際限のない男の愛欲に捕らわれてがんじがらめになっているのに、この疲労が心地いい。大きく無骨な手に肌をなぞられると、それだけで気をやってしまいそうになる。

「アインシュヴェル……好き」

ヴィオレアの肩に額を押し付け、吐精とともに息をつく彼の銀色の髪に指を絡めながら、その耳元でささやいた。

すると、荒く呼吸をしていた男がガバッと身を起こし、砂色の瞳でじっとヴィオレアをみつめる。

「やっと言ったな」

荒っぽいくせに、うれしそうにくしゃくしゃにした顔で笑うアインシュヴェルは、まるで欲しかったおもちゃをもらった子供みたいだ。

「俺もあんたに惚《ほ》れてる、ヴィオレア。俺だけのものになれ」

本当にそうなれたら、どれだけいいだろう。でも、このままで済むはずがない。

漠然とした不安をもみ消すため、ヴィオレアはアインシュヴェルに応えるようにぎゅうっと彼の身体に抱きついた。

力強い腕に抱きすくめられ、今だけの幸福感に浸る。

でもこの不安が完全に払拭されることなど、決してないのだ——。

ヴィオレアは目を閉じて、また自分の中に入ってこようとしている男に身を委ねた。

第一章

「ヴィオレア・ユグス・イデアル公爵令嬢、貴女《あなた》をベルフィアー王国国王ザラスト一世の妻として
お迎えいたします。お支度には一ヶ月の猶予が与えられますので、急ぎご準備を」

無表情な国王の使いが事務的に告げ、茫然と立ち尽くすヴィオレアに手紙を押しつける。

「お、お待ちください！　私は承諾した覚えがございません！」

「あなたに異論を唱える余地はありません、ヴィオレア嬢。これは決定です」

断言した使者は、格式ばった動作でヴィオレアの前から立ち去った。

イデアル公爵家の応接間には物悲しげな夕陽《ゆうひ》が射し込《さこ》み、かつての賑《にぎ》わいが去った邸の中を寂《せき》
寥《りょう》色に染め上げている。

その橙《だいだいいろ》色の光は、ヴィオレアのあざやかな赤毛を美しく照らしていた。

使者を見送ったヴィオレアはソファに倒れ込むように座り、手の中でくしゃくしゃにした手紙に
目を落とす。

赤い封蝋《ふうろう》にはザラスト王の印が刻まれているが、まるで彼女をにらみつけているようだ。

「私が、ザラスト王の妻……」

こうなる可能性を考えなかったわけではない。レスランザ旧王家の血を引く妙齢の女性は、もう

ヴィオレアしか残っていないから。

父のイデアル公爵と跡取り息子のアークスが亡くなったというのに、国王が『イデアル公爵家』を取り潰しにしなかったのは、『公爵令嬢ヴィオレア』を娶《めと》るための布石だったのだ。没落貴族の娘を妃《きさき》に据えたとしても、体裁がよくないだろうから。

しかし、国王は四十八歳。三十歳も年の離れたヴィオレアを王妃に迎えるのは、あまり現実的ではないと思っていた。

貴族の結婚に年齢がさほど重要でないことはわかっているが、ようやく少女から大人になりつつあるヴィオレアにとって、父と変わらぬ年齢の男性に嫁ぐのは違和感しかない。

「お嬢さま……」

侍女のイリアが気づかわしげな表情で、開け放たれたままの応接間に入ってきた。

「使者の方はお帰りになったの？」

「はい。たった今、お見送りをしてきたところです。国王さまのお話というのは、やっぱり……？」

「……私を妻として迎えるから、一ヶ月で準備をしろということだったわ」

「そんな！」

白い前掛けをぎゅっと握ったイリアは、ヴィオレアの前にやってきて膝をついた。

「お嬢さま、私の実家が国境のメルシにあります。そこを頼りませんか？　奥さまもお亡くなりになられた今、このイデアル公爵家を護《まも》る必要はないのではないでしょうか。どのみち国王の花嫁になってしまえば、イデアルの家名は消滅してしまうんです。国王の顔色を窺《うかが》いながらビクビク暮らすなんて、もう真っ平です！　お嬢さまにはもっと自由に生きてほしいんです」

「そう言ってくれるのはうれしいけれど、だめよ。万が一見つかりでもしたら、あなたのご両親にまで累が及ぶわ。下手したら、街ひとつ消滅するかもしれない」

イリアはヴィオレアのふたつ年上の頼りになる侍女であり、年が近いせいもあって友人同士のような関係でもある。

年齢的に、イリアもそろそろ嫁入りを考えなくてはならないはずだが、よほどヴィオレアの傍《そば》が心地いいのか、実家からもたらされる結婚話を全部蹴っ飛ばして仕えてくれている。

そんなイリアの悲痛な顔を、これ以上曇らせるわけにはいかない。ヴィオレアは彼女の不安を払拭するように笑ってみせた。

「考えようによっては、これはいい機会だと思わない？　私は、父と兄を殺した国王を絶対に許せない。結婚すれば、寝首を掻《か》くのなんてかんたん……」

「それこそいけません！」

笑顔で絆《ほだ》すどころか、ぴしゃりと言われてヴィオレアは肩をすくめた。

「ザラスト陛下は元騎士団将軍なんですよ!?　いくらお嬢さまが剣の鍛錬を欠かさなかったからといって、とても敵《かな》う相手ではありませんし、きっと警戒されています。後生ですから、イリアのためにもそんな無謀なことをおっしゃるのはやめてください」

口にしてみたヴィオレア自身、あの屈強な男を自分の手で殺せるとは思っていなかった。でも、言われるがままに嫁ぎ、この身を国王に差し出すなんてできるのだろうか。

ザラストがヴィオレアを妻にと望む理由はただひとつ、レスランザ旧王家の血を引く子供を産ませることなのに。


――ザラストは、簒奪《さんだつ》によって王座を手にした男だ。

八年前までベルフィアー王国に君臨していた国王ローラン・ウィン・レスランザは、いわゆる愚鈍な王だった。

近隣の強国に阿《おもね》って、自国の領土や資源を二束三文で売り渡す一方で、国民に対しては「支配階級を支えるのが平民の義務である」ことを強調して重税を課し、人々の嘆願には耳を傾けない。

請願はすべてどこかで握り潰され、なかったことにされた。そのため市井では、「強国のご機嫌取り」と国王を揶揄《やゆ》していたほどだ。

そんな暗愚政治の数々に反旗を翻したのが、騎士団総大将のザラスト将軍だった。

きっかけとなったのは、ベルフィアーにはまったく無関係の戦だったにもかかわらず、国王が東方を統べる帝国の要請に唯々諾々と従い、援軍を派遣しようとしたことだ。

戦自体には中立であったはずなのに、援軍など送っては自国が危うくなる。見かねた将軍直属の部下が国王に諫言《かんげん》したところ、その場で首を刎《は》ねられたのだ。

部下の無残な死に様を知らされたザラスト将軍は、翌日、謁見を願い出た玉座で国王を斬った。

元々、国王に二心を抱く者は多く、ザラストに恭順した騎士が多かった。

ザラストはそのままの勢いで、王城に詰めていたレスランザの血族ならびに宰相や大臣、国王の側近も、その場で彼への恭順を誓わない者は悉《ことごと》く鏖殺《おうさつ》した。禍根を断つためだ。

ヴィオレアの父と兄も王城に居合わせ、ザラストの凶刃に斃《たお》れている。

父は玉座の間で斬られており、兄のアークスは王子宮のフリード王子を訪ねていたらしく、事件直後に起きた火災に巻き込まれて、無残な焼死体となった。

ところが、ローラン王に呆《あき》れていた人々は、これで暗愚な王の支配から解放されたと諸手《もろて》を挙げるどころか、将軍の所業に反発した。

特に非難の的になったのは、人々の期待を背負っていた十代の賢い王子ふたりと、年端も行かぬ幼い王女を殺害したことだ。

血生臭い簒奪劇にはじまり、無視できぬほど大きなしこりを残したままザラストは新国王となったが、今度は自分も首を取られるのではないかと疑心暗鬼に陥った。

そうしてじわじわと時間をかけながら、彼は簒奪の暴君となっていったのだ。

――そんな国王ザラストが己の地位を盤石にするため、旧王家の血を引く妻と子供を――と思いついたのも無理からぬことかもしれない。

しかし、レスランザの血族はほとんど殺されていたので、ザラストの願いを叶《かな》えられる妙齢の女性は存在しなかった。

そんな状況下で、唯一レスランザ旧王家の血を引く生き残りが、イデアル公爵家の娘ヴィオレアだ。かなりの遠縁ではあるが、父方の曽祖父が旧王家の王子だったのである。

政変が起きた当時、十歳という年齢だったヴィオレアももう十八歳。十分に機が熟したと思われたのだろう。

今まで国王との結婚話が具体的に上がったことはないが、このイデアル公爵家の邸は常に見張られ、残された母とヴィオレアは軟禁状態でぎりぎり生かされているだけだった。

社交界への出入りも禁じられ、同年代の友人はもちろん、男性と知り合う機会も徹底的に奪われてきたから、最初からヴィオレアを娶ることは既定路線だったのだろう。

当主も後継者も亡くなったのに『イデアル公爵』の名前だけが残されたのも、婚姻を見据えた体裁のために違いない。

結婚を受け入れるか、逃げるか。その二択しかヴィオレアの前にはなかった。そして後者は成功の確率が限りなく低く、失敗したときにはどうなることか。

どんな運命が待ち受けているか、想像したくもなかった。

＊

なんとか逃げ出す方法はないかと考え抜いたものの、外部との連絡を遮断されているヴィオレアに有効な手立てはなく、現在、王都へ向かう馬車に虚《むな》しく乗り込んでいる。

そんな彼女は、白地に金糸で刺繍《ししゅう》を施した豪勢なドレスをしぶしぶ着ている。その淡い色調にあざやかな赤毛が映え、ヴィオレアの美しさを引き立てていた。

これは婚約者から贈られたものだが、十八歳の花嫁に、四十八歳の花婿。笑い話にもならなくて、ヴィオレアは榛《はしばみ》色の瞳をぶすっと細めたまま窓の外を眺めていた。

国王が用意した馬車の周囲には、護衛という名目でたくさんの監視が付いている。ざっと見たところ、完全武装した屈強な騎士が十人ほどで、蟻《あり》の這い出る隙もないとはこのことだ。

御者から護衛の人間まで、すべて国王の息がかかっている人間だ。

そんな危険な敵中にイリアを同行させるのはしのびなく、故郷へ戻ってはと何度も勧めてみたのだが、しかし。

「お嬢さまのお傍を離れるくらいなら、いっそのこと、この身をお嬢さまの身代わりとして使ってください！　殺されても本望です！」

そんなことを言われては、同行させるしかなかった。幸い、国王はイリアを王城に連れていくことは認めてくれている。

イリアはメルシ男爵の娘で、父親は国境の要衝を治める町長でもある。ヴィオレアもろとも手中に収めておけば、地方貴族への人質としても使えると考えたのだろう。

明日の昼にはベルフィアーの王城に到着する。その先の予定は何も知らされていないが、結婚式も早急に行われるはずだ。一日も早く、ヴィオレアに子供を産ませたいのだろうから。

（お父さまとお兄さまを殺し、間接的にお母さままで心労で死に追いやった。そんな男の子供を産むなんて絶対にいや。それならいっそ……）

死んだほうがマシと思ったが、ヴィオレアに自死願望はない。イリアには言えないが、いざとなれば国王を――とは考えている。

その結果がどうなるとしても、この身を悪魔に売るくらいなら、自らが悪魔になってやる。

過激な決意を隠すように、ヴィオレアが拳を握りしめたときだ。

遠くからたくさんの蹄《ひづめ》の音が聞こえてきて、男たちの怒号が響きはじめた。

何事かと辺りを見回すと、街道の脇からたくさんの騎馬が現れて、この馬車めがけて突き進んでくるではないか。

その馬上にいるのは、思い思いの黒装束をまとった、見るからに粗野な男たちだ。手には武器を持っており、騎士たちに襲いかかってくる。見た目は野盗の類《たぐい》だ。

「襲撃!?」

思わずヴィオレアが腰を浮かしたとき、窓に騎士の身体が叩《たた》きつけられて落馬した。ふたりの娘はビクッと飛び上がったが、すぐにイリアがヴィオレアの手を握りしめる。

「ご安心ください、お嬢さま。このイリアがわが身に代えてもお守りいたしますから」

「ありがとう、イリア」

しかし、その間にも外では激しい戦闘が行われていて、騎士たちの怒鳴る声、馬の嘶《いなな》き、断末魔の叫びなど、混乱の音でごった返していた。

森の中から現れた野盗の一団は、ヴィオレアが見た限り、馬車の護衛騎士よりはるかに多い。数で劣っている上に馬車を護りながらなので、いくら精鋭と言えど圧倒的に不利だ。

そのうち、馬車が横転しそうなほどの衝撃を受け、ふたりは悲鳴を上げた。

衝撃が収まると、床に投げ出されたヴィオレアはすぐに起き上がり、自分の下敷きになったイリアの身体を抱き起こす。

「イリア、無事!?」

「は、はい！　お嬢さま、お怪我《けが》は！」

「あなたが庇《かば》ってくれたから大丈夫よ」

幸いヴィオレア自身にもイリアにも怪我はない。体勢を立て直そうと身体を起こしたとき、馬車の外に体格のいい盗賊が現れ、扉を叩き壊そうと体当たりをはじめた。

「お、お嬢さま……絶対に手出しはさせません！」

イリアだって逃げ出したいだろうに、ヴィオレアを抱きしめながら、泣きそうな顔で窓の向こうの男をにらみつけている。

しかし無情にも鍵は負荷に耐え切れず壊れ、扉が開け放たれた。

「こりゃ、とんでもない戦利品だぜ」

舌なめずりしながら男が言い、イリアの手首を無骨な手でつかんで引っ張り出そうとする。

「この無礼者、放しなさい！」

イリアが気丈に叫ぶも、屈強な男の手にかかれば彼女の抵抗など無に等しい。強引にヴィオレアから引き剥がされ、馬車の外へ引きずり降ろされてしまった。

「放して！」

悲鳴を上げるイリアに、盗賊は「黙っとけ！」と横っ面を叩く。拳ではなく手のひらだったが、それを見た瞬間、ヴィオレアの頭の中は怒りで真っ白になった。

「イリア！」

ヴィオレアは素早く馬車から飛び降りると、近くに倒れていた騎士の手から剣を奪い取る。すかさずそれを構え、イリアを捕まえている盗賊に向けて、問答無用で刃を振り下ろした。

幸い、ドレスのスカートは細身で無駄に広がらない意匠なので、ヴィオレアの動きの妨げにはならなかった。

「この……っ」

男はイリアの手をつかんだまま後方に飛び退ると、腰の剣を引き抜いてヴィオレアに対峙《たいじ》する。

ヴィオレアはこう見えて、幼い頃から剣の腕を磨いてきた。とくにこの数年、「父と兄を喪《うしな》ったからには、か弱い母を護るのは自分の役目」と思い、一層稽古に打ち込んだ。

邸内にいる限り、国王の監視はそれほど厳しくなかったから、鍛錬は欠かさなかった。

そんなヴィオレアの目に、男の構えは素人同然だ。いかにも、数に物言わせてねじ伏せてきた盗賊らしい。

（他の連中に手を出される前に、一撃で仕留める）

男のガラ空きの喉をめがけ、全体重を乗せて切っ先を突き出した。狙いは逸《そ》れることなく、確実に男の命を奪える。

そう確信していたはずなのに、思わぬ方向から衝撃がやってきた。

横合いから第三者の剣が振り下ろされ、ヴィオレアの剣を地面にめり込ませたのだ。腕が痺《しび》れるほどに重たい一撃で、思わず柄《つか》から手を離しそうになったほどだ。

思わずそちらに目を向けると、銀色の髪の男が無表情にヴィオレアを見下ろしている。その視線とかち合った瞬間、ヴィオレアは息を呑《の》んだ。

肩より短い、混ざりけのない銀色の髪が、陽光を受けてプラチナのようにきらきらと輝いている。

それを女のように後ろでくくっているが、顔立ちは粗く削った彫刻のように鋭く、いかにも「男らしい」と形容したくなる精悍《せいかん》さを具《そな》えていた。

そして、爛々《らんらん》と輝く濃い砂色の瞳は、まるで鋭い矢そのものだ。よそ見を許すまいと、ぶつかり合った相手の視線を射抜いて、彼の上に縫いつけてしまう。

見た目こそ細身だが、彼女の剣を叩き落とした威力は凄《すさ》まじく、相当な膂力《りょりょく》の持ち主であるこ

とはもう明らかだ。それを裏付けるように、黒い上着の下から覗《のぞ》く裸の胸には、くっきりと筋肉の流れが見えた。

そして何よりヴィオレアの目を強烈に惹《ひ》いたのは、脇腹から腹部にかけて描かれた茨の鎖――紋身《タトゥー》だ。

粗野な風貌の中に、刺々《とげとげ》しい痛ましさと荒々しい烈《はげ》しさ、その中に美しさまでもが混在している。

――この男は、あまりに危険だ。

イリアを連れ出した男は素人同然だったが、彼らは数で勝っていたとはいえ、王国の精鋭騎士たちを全滅させてしまったのだ。もうこの場に、動き得る騎士の姿はなかった。

そう考えると、この集団はただの野盗の群れではない。

ヴィオレアは痺れる腕に力を入れ、地面にめり込んだ剣を抜いて構え直す。榛色の瞳でまっすぐ銀髪の男の目をみつめたまま足を踏み出した。

一見、彼は隙だらけだったが、剣を構える速度には目を瞠《みは》るものがある。素早さには自信があったつもりだが、とっておきの一撃もぎりぎりのところで叩き落とされてしまう。

腕への衝撃を緩和するため、柄を握る手から力を抜いて打撃の威力を受け流したが、長いスカートが仇《あだ》になって足を踏み出し損ねてしまった。

そこへ男の一撃がすかさず襲いかかる。

だが、ヴィオレアはその動作もしっかり見極めていた。前に出せなかった足を軸にして半身を翻し、ぎりぎりで斬撃をよけてみせたのだ。

するとが口笛を吹いた。どうやら、ヴィオレアの身のこなしに称賛を送ってきたようだが、明らかに下に見られていてイラッとした。

こちらが再度剣を構えようとしたのを見て、銀髪の男は敵意がないことを示すように、すんなりと剣を引いて言う。

「待った待った」

そんな余裕綽《しゃく》々《しゃく》の態度に、ヴィオレアはますます反感を覚えた。

（おまえ程度じゃ、絶対に俺には勝てないんだよ――）

彼の砂色の瞳は、まるでそう言いたげに微笑している。

だが、軽くあしらわれていたのは感じていたし、敵わないのは紛れもない事実だ。

歴然とした腕の差を見せつけられ、思わずヴィオレアが臍《ほぞ》を噛《か》んだとき、別の男の悲鳴が上がった。振り返ると、イリアを馬車から引きずり出した盗賊が、仲間に殴り飛ばされたところだった。

この様子に仰天したイリアが、ヴィオレアの許へ走ってくるなり抱きつく。

「イリア、大丈夫!?」

「は、はい……お嬢さまも……」

暴力沙汰に直面したことのないイリアは、青ざめ震えていた。ヴィオレアだってそんな場面に遭遇したことはないが、剣の稽古のおかげか、多少の荒っぽいことには耐性がある。

しかし、大事な侍女が目の前で暴行を受けたことは非常に腹立たしく、イリアを抱きしめながらその盗賊をにらみつけた。

件《くだん》の盗賊は地面に倒れ込み、鼻や口の端から血を流して、涙目で自分を殴った仲間を見上げている。

「女を捕まえて何をするつもりだ、ダルド」

黒髪の若い盗賊は冷ややかに言い、仲間であるはずの男を睥睨《へいげい》した。

「何って、戦利品を……」

「人間を戦利品にするのはご法度だと、何度言えば理解できる？　貴様は獣か？」

そう言って黒髪の男は、倒れ込んだ盗賊の鼻先に切っ先を突きつける。

「す、すいません……」

体格のいい屈強な男が、這いつくばって謝罪する姿には胸がすくが、気がつけばヴィオレアたちの周囲には大勢の盗賊が集まっていた。

どれもふてぶてしい面構えで、とても安堵《あんど》できる状況ではない。

居心地悪くふたりで手を取り合っていると、ダルドと呼ばれた男の前に、あの銀髪の男が進み出た。

「アイン、すまねえ！　ほんの出来心だったんだ、女ひでりでよぉ……」

銀髪の男――アインというらしい――を見た途端、ダルドの顔色が明らかに変わった。

彼は砂色の瞳でにこやかにダルドを見下ろすと、次の瞬間には精悍な顔に侮蔑を浮かべた。ぞっとするほど酷薄な表情だ。きっと彼がこの集団の頭領なのだろう。

「そんなんだから女が寄りつかないんだろ？　おまえはウチにふさわしくない」

「もうしねえよ。しねえから勘弁してくれよ、アイン」

ダルドがアインの足許に跪《ひざまず》いて縋《すが》ったが、彼は重たそうな長靴《ブーツ》で容赦なく蹴飛ばして男をあしらう。

「二度目はないと言ったよな？　俺は嘘《うそ》をつかない。なにしろ正直者だからな」

アインは、ニコッと笑ってから、鞘《さや》に収めた剣を抜こうとした。しかし、ヴィオレアたちに視線を向けると、握りかけた柄から手を離す。

その代わりに顎をしゃくると、周囲に控えていた盗賊たちが進み出て、ダルドを縄で縛り上げてどこかに連れ去ってしまった。

「あ、あの人、どうするの……？」

ごく自然に荒々しい真似《まね》をする銀髪男に、恐々尋ねてみる。自分たちがここで見ていなければ、アインは剣を抜いていたに違いない。

「淑女《レディ》の前で、血生臭いものを披露するわけにはいかないからな」

そう言って笑うと彼の目は鋭さをやわらげ、どことなく愛嬌《あいきょう》のあるタレ目になった。

でも、彼がこの一団の頭領だ。その笑顔は峻烈《しゅんれつ》な一面の裏返しな気がして、ヴィオレアは気を引き締めた。ダルドがこの後どうなるのか、わかってしまったのだ。

この男の笑顔に騙《だま》されてはいけない。

彼らの流儀に口を挟む気はまったくないし、あの男はイリアを乱暴に扱った。それを処分するのはこちらとしても望むところだが、彼らは野盗の類だ。

一時《いっとき》、難を逃れたからといって、ヴィオレアたちの味方ではない。

案の定、集まってきた盗賊たちの関心は、ふたりの娘の上に注がれているではないか。

多勢に無勢、もはやヴィオレアの手に武器はなく、凶悪な狼《おおかみ》の群れの中に放り込まれたも同然だ。しかし盗賊に囲まれて泣き崩れる姿なんて、己の矜持《きょうじ》にかけて見せるわけにいかなかった。

いくら虚勢だとしても、胸を張っていなければ。

そのとき、最初にダルドを殴り倒した黒髪の男がふたりの前へやってきたと思ったら「怪我は？」とイリアに尋ねてきた。

初めてちゃんと顔を見たが、こんなならず者崩れのヨレた格好をしていなければ、なかなか見目のいい若者だ。

「だ、大丈夫、です……」

さっきまではヴィオレアを守ると息巻いていたイリアだが、数十人の男たちに囲まれてすっかり腰が抜けてしまったらしい。

震える声で答えながら、ヴィオレアに縋りついてきた。

「近寄らないで、盗賊。彼女が怪我を負うような危険な目に遭ったのは、あなたたちが原因だわ。襲撃してきたのはそっちでしょう。何が目的なの」

「別に、俺たちは盗賊では……」

イリアを背中に庇って、ヴィオレアがずいと黒髪の男の前に出ると、彼は助けを求めるように銀髪のアインを振り返った。

「へえ、気の強いお姫さまだ。父親の爵位は？」

アインはにやにやと楽しげな顔で尋ねてきたが、粗野な盗賊崩れに値踏みされるなんて、腹立たしいことこの上ない。

「私はヴィオレア・ユ……」

屈してなるものかと、誇り高い公爵家の娘であることを堂々と宣言しようとしたら、いきなりイリアに手を引かれた。

「おっ、お嬢さまは、メルシ男爵家のご令嬢です。そちらこそ名乗りなさい！　無礼者！」

メルシ男爵家の令嬢とはイリアのことなのだが、彼女はあえて嘘を言った。どうやら彼らに家名を聞かせるなということらしい。

イリアは声を上ずらせながらも、必死に盗賊たちをにらみつけている。ヴィオレアの肩に置かれた彼女の手は震えているが、主人を守ろうと必死になってくれているのだ。

大勢の男に囲まれながらも、必死に互いを励まし合うふたりの娘を見たせいか、銀髪男がおかしそうに笑い出した。

「これは失敬、俺はアインシュヴェルだ。で、男爵家のご令嬢が、王国騎士を護衛に引き連れてどこへ？」

銀髪のアインシュヴェルは凄腕《すごうで》の剣豪だが、笑った顔も軽口も、どこかお調子者の気配を漂わせている。

「あなた方には関係ないでしょう！」

ぼろぼろ泣きながらイリアが叫ぶと彼は肩をすくめ、苦笑して黒髪の男に指示した。

「キース、お嬢さん方が王都へ行くのなら、送ってやれ」

なんと、王都へ送り届けてくれるという。この提案には驚きを隠し切れなかったが、国王の許へ行けばヴィオレアは国王の花嫁となり、跡継ぎを産むよう強制されるだけだ。

かといって、イデアル公爵家に戻るわけにもいかない。そしてこんな場所に置き去りにされたら、場所もわからない森の中をイリアとふたりでさ迷い歩くことになる。

――八方ふさがりだった。それならば。

「私たち、王都には行きません。それに、メルシに帰ることもできません。実は……王都には人質として送られるところだったので！」

声を大にして叫んだら男たちが目を丸くした。

イリアが不安そうにヴィオレアの肩につかまるが、後のことを思うと、王都行きを回避できるものなら回避したい。

それにこの男たち、ただの野盗ではなさそうだ。でなければ、王都に送り届けてやれなんて言葉が出てくるはずがないだろう。

「……メルシ男爵はたしか、国境沿いの町の領主だったたか。あの町は小さいが物流と人流の要所だから、そこを国王が押さえるのも当然ではある、か」

腕組みをして何ごとかを考えていたアインシュヴェルは、ヴィオレアの前へやってくると、鋭く観察するように彼女の顔を覗き込んできた。

威圧されないように腹の底に力を籠《こ》めるが、間近で見たアインシュヴェルの凛々《りり》しい顔立ちに釘付けになりそうで、視線が泳ぐ。

剽悍《ひょうかん》な男だと思っていたが、くっきりした二重《ふたえ》瞼《まぶた》をふちどる銀色の長い睫毛《まつげ》は、まるで雪の結晶みたいに美しく、その下から覗く砂色の瞳はとても理知的だ。

顔立ち自体が整っていて、ひどく人の目を惹きつける。その容姿には、ただの荒くれ者ではないと思わせる風格があった。

――見惚《みと》れそうになったのが悔しくて、ヴィオレアはぎゅっと唇を引き結ぶ。

「言っておくがお嬢さん方、俺たちの村には立派な邸も召使もいない。身分も関係ないし、働かない者は食えない。貴族のお嬢さんだからって、かしずく人間はいないぞ。そっちの連れのお嬢さんも、お姫さまの世話ばかりしてる暇はない。それでもいいのか？」

「いいわ、村の流儀には従います。ただ、私たちは虜囚ではないわ。そこは保証してください」

イリアを巻き込んだのだから、彼女だけはなんとしても守らなくてはならず、そのためには男たちを一方的に優位に立たせるわけにはいかない。あくまで対等であることを強調したつもりだ。

すると、アインシュヴェルは瞳を細めたが、すぐに笑い出した。

「わかったよ、お嬢さん。キース、とりあえず村に連れてってやれ」

「いいんです？」

「こんなところに放っておいたら、狼に食われちまうだろう。村に着くまでは、客人としてもてなしてやれ」

そう言い残してアインシュヴェルが立ち去ると、入れ替わりにキースがふたりに近づいてきた。

「本当に村に来るのか？　王都で人質生活をしていたほうが楽だろう」

「軟禁生活なんてご免だもの」

王妃になるための王都行きとは言えないのでお茶を濁して伝えたが、ヴィオレアには、簒奪国王のために犠牲になるという自虐趣味はない。

それにメルシ男爵に助けを求めようにも、メルシは国境沿いにあり、路銀も持たずに自力で辿《たど》りつける場所ではない。

もし運よく辿りつけたところで、ヴィオレアを匿《かくま》ったのが国王に知られたら、男爵家が叛逆《はんぎゃく》したと見做《みな》されてしまうかもしれない。

「ごめんなさい、イリア。絶対にあなたを故郷に帰らせてあげるから、もうすこしの間だけ私に付き合って」

「何をおっしゃいますか。私はどこまでもお嬢さまにお供します」

こうしてヴィオレアとイリアは粗末な荷馬車に乗り、当初の目的とはまったく違う場所へと向かうことになった。

＊

幌《ほろ》をかぶせた荷台には、酒樽《さかだる》や木箱がたくさん積まれている。略奪品だろうか。さっき彼らが殺した騎士たちの武器や防具も積まれていた。

死体から脱がせたものだと思うとぞっとしないが、荒事を働くために、武器調達は重要な仕事なのかもしれない。

自分たちは盗賊ではないとキースは言っていたが、戦利品として死者からせしめているのだから、それは立派な盗賊稼業ではないだろうか。

（それでも一応、助かったと言っていいのかしら……）

さっきの「人間を戦利品にするのはご法度」というキースの言葉を、今は信じようと思う。実際、自分たちに手出しをしようとする者は、今のところあのダルド以外には誰もいない。

もしよからぬ考えの輩《やから》が現れたとしても、荷馬車のすぐ後ろに騎馬に跨《また》がったキースがついているので、あまり不安はなかった。

イリアを助けてくれたからか、彼への警戒感はやや薄れていた。

それに、アインシュヴェルがこの集団の頭を張っているのなら、怖くて逆らおうという気にもならないのではないだろうか。彼の酷薄な表情は、大の男でもすくみあがるに違いない。

ふと横を見ると、イリアが黙ったまま不安そうに顔を曇らせている。

ヴィオレアはわりと神経が太いほうだ。たいていのことは呑み込めるし、簒奪王の花嫁になるくらいなら、まだ事態が好転する可能性がわずかでも残っているほうを選択するのは、賢明な判断だと思っている。

でも、イリアは男爵家の令嬢だし、仕える主人みたいに図太くない。

「絶対に大丈夫よ。心配しないで」

笑ってみせると、イリアもぎこちなく微笑し、不安を吹き飛ばすように自分の頬《ほお》を手のひらでパンッと叩いた。

「心配だなんて、とんでもありません！　ヴィオレアさまをお守りするのは私の役目ですから！」

イリアはヴィオレアよりふたつ年上だが、気丈に振る舞おうとする姿がかわいらしくて、思わず抱きついていた。

「私もイリアを守るわ。ずっと一緒、大好きよ」

幌馬車なので、彼女たちのやりとりは後ろにいるキースからは丸見えだ。ふたりがひしと抱き合う姿を見て彼は目をすがめ、苦笑している。

「俺たちを人さらい扱いしないでほしいな」

キースは二十代半ばくらいの若者で、黒髪をこざっぱりと短くしていて、顔立ちは結構整っているが、笑う顔にはまだあどけなさが残っていた。

あの裏表の激しそうなアインシュヴェルよりは親しみやすい気がする。

そのとき別の騎馬が近づいてきた。飛び抜けた長身で、恰幅《かっぷく》のいい金髪の大男だ。彼もまた、アインシュヴェルと同じく上着の下に裸の胸が丸見えになっていた。

「人質にされるところだったんだろ？　結果的に俺たちが助けてやったことになるんだから、感謝してもらわないとなぁ」

大男の物言いから、恩を着せられる不安があったが、ヴィオレアの警戒に反して彼は明るくカラカラと笑う。

おかげで、危険な連中に囲まれているという危機感はほとんどなくなった。

しかし、ヴィオレアにはひとつ、とても気になることがあった。

「ねえ。さっきのアインシュヴェルという人もそうだったけれど、その実用性のない服装はどういうことなの？　衣服は防具にもなるのに、鎧《よろい》どころか裸に直接上着って。すこし下品では？」

「なんでこんな軽装をしてるかって？　そりゃあお嬢さん、この肉体美を世の女性に見せつけるために決まってるだろ」

そう言って、大男は分厚い胸板を強調するように拳で叩いてみせた。たしかにごっつい筋肉ではある。

「でもあなたの場合、肉体美というより、肉塊という感じではなくて？」

「肉塊……」

肉の塊呼ばわりされて彼が頬を引きつらせると、キースが噴き出した。

「ぶ……ッ、違いない」

「キース、てめえ……！」

ヴィオレアは素直に感想を述べただけなのだが、イリアが青ざめてヴィオレアの肩を引いた。

「おっ、お嬢さま！　あまり気安くされては危険です！」

これまで接したことのない粗野な男たちに囲まれており、イリアが警戒する気持ちはわかる。でも、少なくともキースや金髪の肉塊さんに、恐ろしいという印象はなかった。

「こういうときは、親しくなっておいたほうが色々得なのよ」

これはイリアにだけ聞こえるように小さく言った。見知らぬ相手には非情になれても、言葉を交わした相手には、人間なかなか無慈悲になれないものだ。

（あのアインシュヴェルとかいう銀髪には、通用しないかもしれないけれど……）

跪いて縋りつく相手を蹴飛ばしていたし、かなり苛烈な人物だと思われる。

とはいえ、ダルドに関しては掟《おきて》破りということだった。集団の頭を張る人物であれば、冷酷にならざるを得ない場面もあるだろう。

そうしている間にも、一行は深い森の中を長時間かけて抜け、山を切り開いた緩やかな坂を登っていく。夕方になると、山の中腹の開けた場所に出た。

盗賊ではないと言われても、むさくるしい男たちが群れなす集団だ。彼らの根城といえば、洞窟みたいなじめじめした場所を想像していたのだが、あちらこちらに家が点在し、畑が続くのどかな農村の風景が広がっていた。

家屋の煙突からは煙が立ちのぼり、どこからともなくいい匂いが漂ってくる。

そういえば、午前中にイデアル公爵邸を出てから今まで、一切飲まず食わずだったのだ。

ふたりを乗せた馬車が減速して、やがて停《と》まった。長い行軍がようやく終わったらしい。

「さあ着いた、降り……」

ところが、キースがふたりを降ろそうと手を貸すより先に、ヴィオレアはドレスの裾を翻して荷台から飛び降りていた。

「お嬢さま、はしたないです！」

イリアが目を吊《つ》り上《あ》げている。

「だって、朝からずっと座りっぱなしであちこち痛いから、早く身体を伸ばしたかったのよ」

馬から降りたキースも、イリアに同調する。

「ドレスで飛び降りるなんて、とんだ跳ねっ返りだ」

思わぬ人物に同意されてイリアは困惑していたが、キースは構わず荷台の側に寄って彼女に手を差し出した。

「どうぞおつかまりください、お嬢さん」

反射的にその手を取ったイリアだったが、相手がよく知らない男だったことを思い出し、すかさず後悔の表情になった。

しかし、キースはまったく気に留めた様子もない。それどころか、立ち上がったイリアの手を引き寄せると、転びそうになって小さく悲鳴を上げた彼女を横抱きにし、ふわりと荷台から降ろしてしまったのである。

「なっ、何をなさるんですか！」

一瞬とはいえ、若い男に抱き上げられたイリアは真っ赤になって憤慨した。

女性はむやみやたらと男に身体を触れさせないものだし、ましてやイリアは未婚である。

だが、すぐに地面に立たされたため、文句の持っていきどころをなくしてしまい、仕方なくヴィオレアにくっついた。

そんなことをしている間に、男たちの帰還に気づいた村の人々が続々と集まってきた。女性や子供も大勢いる。見たところ、何の変哲もない集落のようだが……。

「ここは、どういう村なの？」

「詳しいことはアインに聞くんだな」

しかし、尋ねようにもアインシュヴェルの姿は近くに見当たらない。

キースは近くにやってきた栗毛《くりげ》の若い女性にヴィオレアたちを引き渡すと、何ごとかを指示してどこかへ行ってしまった。

きょろきょろしていると、その栗毛の女性が近づいてきてふたりに笑いかける。

「すごい、きれいなドレス！　貴族のお姫さまよね？　初めて見る……！　こんなところにさらわれてきちゃったの？」

と言うわりに、ちっとも大変とは思ってなさそうで、彼女はにこにこ顔だ。ヴィオレアやイリアよりすこし年上に見えた。

「あたしはルノよ」

ここでは貴族も何も関係ないとキースが言っていたとおり、ルノの対応は同年代の女性に対するごく自然なものだった。貴族と知っても、口調は軽い。

イリアは「大事なお嬢さまに無礼な」と言いたそうだが、ここはそういう場所ではない。場違いなのは自分たちのほうだ。

「初めまして、ルノ。私はヴィオレアで、彼女はイリアよ。この村のことは何も知らないから教えてくださるとうれしいの」

「何も知らないの？　よくそれでアインが連れてきたわね。もしかして、国王にいびられてる？」

ヴィオレアとイリアは顔を見合わせた。

語弊はあるものの、いびられていると言えばそうかもしれない。自分の父と変わらない年齢の男に望まぬ結婚を強いられ、その子供を産まなくてはならないのだから。

イリアだって、今でこそヴィオレアによく尽くしてくれているが、元々は人質同然に、国境の町から侍女に任じられて来たのだ。

「ここは歴代のベルフィアー国王に迫害された人たちが集まってできた村だよ。仕事を失って、仕方なく盗みを働いたり悪さをしてた連中や、大黒柱を失った家族とか、行き場をなくした連中が集まってるの。力のない者同士で協力しながら生きる、ちょっとした独立国みたいなもの？」

ふたりを案内しながらルノは事もなげに言うが……。

「国王への抵抗勢力ということ？　王国の馬車を襲って鎧や剣を拾い集めていたけれど、反乱でも起こすつもりなの……？」

「まさか。たしかに二百人くらいはいて、人数としてはそれなりだけど、半分は女や子供だもの。年寄りはあんまりいないけど、百人程度の男が集まったって、国をひっくり返すなんてできるわけないって。ただそれぞれ色んな事情があって、ここで身を寄せ合ってるだけだよ。ま、立ち話もなんだし、あっちで食事しながらにしようか」

ルノはカラカラと笑って、ふたりを三階建ての大きめの建物へと案内した。

木造だがかなりしっかり造られていて、イデアル公爵領の街中にある宿屋を思わせる。

建物の裏側にある勝手口から中に入り、狭くて急な階段を苦労して最上階まで上がる。すると、長い廊下の両側に十ほど部屋があって、そのうちの一室に通された。

ベッドが二台あるだけの狭い部屋だが、窓からの見晴らしはよく、村の中にぽつぽつと立つ家々や畑が見渡せる。

近くには小川の流れがあり、遠くのほうで水を汲《く》む人や、川遊びしている子供の姿が目についた。

「いい村ね」

「でしょう？　私たちは平和に暮らしていければそれで十分。ここはほぼ自給自足で、足りないものは月に何度か、男たちが街に調達しに行くの。まあ、国王にはそれぞれ恨みもあるし？　国王の飼い犬に対してアインは容赦なしだからねえ……。あっ、ここの子たちはみんな気安く話しかけてくると思うけど、そんな顔しないでね、イリア」

この一部屋を提供され、ルノの服を借りて着替えると、一階へと連れていかれた。

宿の入り口の扉は大きく開け放たれ、多くの人が食事をしたり給仕に回ったりと賑やかだ。

「一階は食堂で、上は独身者が住んでるわ。既婚者はそれぞれ家があるけど、食堂は独身も既婚もあんまり関係なく集まって、食べたり飲んだりしてるよ」

「……私たち、お金を持ってないわ」

「この村の中ではお金という概念はないから大丈夫。その代わり、労働で返してね」

その言葉にドキッとするヴィオレアである。労働は、これまでヴィオレアには縁のないものだったのだ。

「大丈夫ですよ、お嬢さま。私が二倍働きますから！」

侍女としてもう五年以上ヴィオレアに仕えているイリアなら、家事もひととおりこなせるだろうし、針仕事に関しては、人に教えられるほどの腕前だから心配ない。

それに引き換え、公爵家の娘として育ったヴィオレアは、政治や社会情勢、剣の扱いについては学んできたが、針仕事や掃除に洗濯といったことには従事したことがない。

音楽や絵画は嗜《たしな》みとして学んだものの、芸術方面に才能はなさそうだ。

だからといって、イリアに甘えてばかりはいられない。

この村への滞在がどのくらいの期間に亘《わた》るかはさっぱり先が見えないのだから。

だが、護衛が全滅して、馬車は荒らされ、花嫁が消《き》え失《う》せた事実は近いうちに国王の耳に入るだろう。それを知った国王がどう動くか――。

長居することになりそうだ。

「ううん、成り行きとはいえ、ここに逃げ込んだのは私だから。何でもできるようにならないと」

父親世代の暴君の閨《ねや》に侍《はべ》ることを考えたら、泥にまみれて働くほうがはるかにマシである。

ただ、腕力にはそれなりに自信があるから、薪割《まきわ》りとかならできるかもしれない。やったことはないけれど。

「そんなところに突っ立ってないで、こっちにおいでよ。みんな、新入りだよ。ヴィオレアとイリア。よろしくね。アインたちに連れてこられて、お昼から何も食べてないんだって」

ルノが言うと、食堂で談笑していた十人ほどの女性たちが、手を止めて一斉にこちらに向き直る。

二十代からせいぜい四十代くらいだ。

がやがやと賑やかなテーブルに案内されると、彼女たちが一斉に自己紹介をはじめる。

こんなに開けっ広げに近づかれ、声をかけられるのは初めてのことなので困惑した。

王城で政変があってから今日まで、ヴィオレアは領地の邸宅で八年間、ほぼ軟禁の体《てい》だったのだ。

こんな大勢の人にいっぺんに出会った経験はないし、年の近い女性はイリア以外に知らない。

かしましい空気に圧倒されて声もないが、ルノがひとまず散会させてくれた。

「ほらほら、そんな一気に詰め寄ったらびっくりするでしょ。先に食事にしてあげて」

「私も手伝います！　あ、お嬢さまはこの村の情報をたくさん仕入れて、後で私に教えてください」

イリアが立ち上がり、女たちがいる奥の調理場へと入っていく。

ヴィオレアも追いかけようとしたが、今日のところはイリアの言葉に従うことにした。自分が台所に入ったところで、何の戦力にもならないのである。

そこで席に残ったら、女たちが村のことを色々と教えてくれた。

この村は、ザラスト将軍がレスランザ王を倒して王位を奪った後、王城内でのゴタゴタで国を追われた下級騎士たちが集まって、自然とできた村だという。

最初は村でさえなく、息をひそめるように数人が身を寄せ合って過ごす平和な集落だった。いっぽう、王都には王国の混乱で仕事にあぶれ、家を失った人々が増えていた。

そこで、身寄りがなく、困窮している者を中心にこの集落に呼び集めるうちに、現在のような大きな共同体になっていったそうだ。

ザラスト将軍の簒奪によって、元々悪かった王国の状況はさらに悪化し、その過程で多くの人が故郷を追われた。

そのため、どうしても国王に対しては批判的な者が多いらしい。

ヴィオレアが感じたとおり、やはり村の頭領はアインシュヴェルだ。

アインシュヴェルやその取り巻きからは、王国への叛逆意思はないと聞いたが、それはまったく信用していない。

恭順する気があるのなら、武器を持ってこんな山奥に隠れ潜む必要はない。でなければ、国外に脱出するなり、市井の人間になりすまして生活することだってできただろう。

しかし、彼らの考えがどうあれ、年月を重ねるごとに村には住民が増え、夫婦になる者も出てきて子供もそれなりに誕生した。

村の情報を持って国王の許に駆け込まれるのを、アインシュヴェルは最も警戒しているという。

この小さな村が、国王に目をつけられたらひとたまりもない。

ゆえに、掟に従うことができ、村の秩序を乱すことがないと彼が判断した者だけが、この村に迎え入れられるそうだ。

「だからすんなり私たちをここに連れてきてくれたのね」

人質にされるために王都へ移送されている途中だと言ったので、国王に恭順しているわけではないと判断されたのだろう。

話し込んでいるうちに、次々運ばれてくる馴染《なじ》みのない料理の数々にヴィオレアの興味が移った。公爵家ではあまり見たことのない料理が多いが、立ちのぼる芳香に腹の虫が鳴り出す。

「さあ、食べて食べて。ふたりとも、この村へようこそ！」

イリアも席に着いたところで、乾杯がはじまった。

そのうちに男たちや子供も入れ代わり立ち代わりやってきて、五十人くらいは入れそうな食堂はあっという間にいっぱいになっていた。

男たちの中には、さっきの襲撃に加わっていた者もたくさんいる。男女かかわらず若者で占められていて、老人の姿はない。

テーブルに並ぶのは初めて口にする料理ばかりだったが、どれも素朴な味でとてもおいしいし、こんなに無駄口を叩きながらの食事は初めてだ。

ふと入り口が賑やかになったので目を向けると、アインシュヴェルを先頭に、キースや肉塊さんといった黒装束の男たちが四人、ぞろぞろと入ってきた。

やはりアインシュヴェルは他の連中とは違い、群を抜いて存在感がある。先頭にいなくても、真っ先に彼の姿が目につくはずだ。

食堂にいた面々から労《ねぎら》いの声をかけられて、彼は笑って手を上げて応えている。

つい、ぼうっと彼の姿を見ていたら、さっきの肉塊さんがヴィオレアとイリアの前へやってきた。

金髪の巨漢は飛び抜けた長身で、一見したところ恐ろしげな髭面《ひげづら》だが、顔には愛嬌があるので怖くはない。

「あのな、俺はウェイクだからな。変な名で俺を呼ぶなよ？」

ヴィオレアが彼を内心で「肉塊さん」と呼んでいることを察知したのか、釘を刺された。

「変な名ってなんだ？」

馬車でのやりとりを知らないアインシュヴェルが尋ねるが、ウェイクは「何でもねえよ」とごまかし、ルノから受け取った酒杯を呷《あお》った。

ふと頬に視線を感じて顔を上げると、アインシュヴェルの後ろにいる壮年の男性が、鋭くこちらを見ている。

黒髪を短く刈り上げ、野性的な風貌の男だ。アインシュヴェルよりも重々しい視線は年の功だろうか。見た目、四十代にさしかかるかどうかという男盛りだ。

彼は声をひそめることもなく、こちらを見たままアインシュヴェルに尋ねた。

「アイン、彼女たちが？」

「ああ、帰りに拾った」

まるで犬猫みたいな言われようである。ムッとしつつも、淑女らしく立ち上がってスカートをつまんで、優雅に挨拶した。

「初めまして、ヴィオレアと申します。アインシュヴェルさまたちの襲撃に遭って行き場をなくしたので、ここへ招待していただきました」

国王の花嫁にされるという奇禍を避けられたのは幸いだが、そもそも彼らが馬車を襲撃したからこうなったのだ。犬猫扱いされた意趣返しに、ちくっと嫌みを混ぜ込んでやった。

だが、男は表情ひとつ変えることなくヴィオレアの前に進み出ると、丁寧に腰を折ってお辞儀をする。見た目の鋭さとは裏腹に、いやに上品な物腰で貴族的だった。

「こちらこそ、お初にお目にかかりますヴィオレア嬢。私はデューンといいます。アインシュヴェルが暴走しないように見張る、お目付け役をしています」

お目付け役というわりに、昼間の馬車襲撃の際に彼の姿は見ていない。アインシュヴェルやキースといった面々とはまた異なる、重厚感のある存在だ。

「デューンさん、お目付け役ならば監督不行き届きでは？　この方、昼間はとっても暴走していらっしゃいましたよ？」

ちらっとアインシュヴェルに目を向けて言うと、一瞬、場に沈黙が流れた。失言だったかと焦ったが、すぐに爆笑の渦に包まれていた。

「アインの暴走はいつものことだからね！」

「まったく、こいつについていったら命がいくつあっても足りないぜ」

ということらしい。

すっかり笑いものにされたアインシュヴェルは、苦虫を噛《か》み潰《つぶ》したような笑みを浮かべ、ヴィオレアの隣のテーブルに――真後ろにどっかり腰を下ろした。

思わぬ近距離になぜか緊張が走る。ヴィオレアはまっすぐ座り直して、アインシュヴェルに完全に背中を向けた。

「もう馴染んでんのか？　順応性が高すぎないか」

肩越しに彼から声をかけられたが、背中を向けたまま頤《おとがい》を上げる。

「一応、居候の身ですし。反発したって仕方がないでしょう？」

つっけんどんに返すと、アインシュヴェルが笑い出した。

「そう言いながら、俺にはめちゃくちゃ反発してくるんだな。あんたの渾身《こんしん》の一撃を叩き落としたのを、そんなに根に持ってんのか？」

「違います！」

思わず腰を浮かして振り返ったら、アインシュヴェルは整った顔に機嫌のいい笑みを浮かべていた。やっぱり視線がどうしても彼の顔の上に固定されてしまう。

「まあ、か弱い貴族のお姫さまの突きにしては、筋は悪くなかったかな」

褒められたのかもしれないが、ちっともうれしくない。

か弱いお姫さま扱いされたのは癪《しゃく》に障ったが、別に彼に対して含みがあるわけではない。それなのに、なぜか警戒してしまうのだ。

アインシュヴェルが、なみなみ注がれていたエールを一気に飲み干す。その際、喉仏が生々しく上下する様子を真横から見てしまい、どぎまぎして視線を彼から外し、座り直した。

これまでに若い女性との交流はあまりなかったが、男性に至っては皆無に等しい。公爵邸にいたのはそれなりに年を重ねた執事や侍従、使用人ばかりで、同年代の男性との接点はなかったのだ。

(そうか。珍獣を観察してるみたいな気持ちね、これは)

緊張を隠すように深呼吸をした一瞬、ヴィオレアは鼻をかすめた臭いに眉をひそめた。

「……あなた、血の臭いがする」

思わず指摘してしまうほどに、彼の周囲に血臭が濃くまとわりついていた。

昼間の襲撃時のものではない、生々しい臭いだ。

砂色の瞳を軽く瞠ったアインシュヴェルはすぐに皮肉っぽい笑みを浮かべたが、目はまったく笑っていない。その指摘には何も答えず、探るような目でヴィオレアをみつめる。

背筋が寒くなるほど、鋭い視線だった。

ここへ来る前に、彼はダルドをその手にかけてきたのだろう——。

それが、この村の平和を存続させるために必要な措置だということは理解しているつもりだ。あの男は掟破りの無法者らしく、イリアを乱暴に扱った男である。ヴィオレアも、自らの手で成敗してやろうと思ってさえいた。

にもかかわらず、同胞をいともたやすく手にかけることができるアインシュヴェルに、若干の恐怖心と反発を覚えたのだ。

そんな恐怖政治みたいなことをしていたら、いつか自分に跳ね返ってくるのではないだろうか。

現国王ザラスト然《しか》り、前国王レスランザ然り。

この男、基本的に機嫌よく笑っているが、その笑顔は冷酷無比の裏返しな気がしている。腹の底が見えなくて捉えどころもなく、どうしてもこちらの不安を掻き立ててくるのだから。

そんなときだった。

「あっ、あのっ」

ヴィオレアとアインシュヴェルの間に走った一瞬の緊張を引き裂くように、イリアの困り果てた声が上がった。

そちらに顔を向けると、キースがイリアのところへ来て、さっきダルドに叩かれた彼女の頬に手を当てている場面に出くわした。

「殴られたところ、大丈夫か？　すこし赤い」

「だっ、大丈夫です！」

男に触れられて、イリアがすくみあがっている。彼女もヴィオレア同様、若い男性と親しくする機会などほとんど持ってこなかったはずだから、この反応は言わずもがなである。

イリアは十五歳のときに国王の差配によって、ヴィオレアの侍女に任じられた。もちろん、外の世界のことをあまり知らないだろう。

そんな初心なイリアに、あの黒髪男の気安さといったら。距離感を間違えている。

「キースさん、ご心配はありがたいのですが、やたらと彼女に触れないでください。私たちはそういう流儀に慣れていません」

ヴィオレアがきっぱり指摘すると、彼は肩をすくめて手を引っ込め、周囲の男たちに笑われた。

「女の子を怯《おび》えさせてんじゃねえよ」

「怯えさせてるつもりはない！　俺は単に、心配で――」

「さっすが、正義の志士！」

男たちの粗野な笑い声が響き、次々運ばれてきた酒と料理が彼らの胃に収まっても、賑やかな饗宴《きょうえん》は続いた。

その間も背後に緊張して固くなっていたヴィオレアだったが、気づけば酒杯を手にしていた。ルノが「エールは悪酔いするから」とワインを注いでくれたのだ。

しかし、実はこれまでにお酒を飲んだことがない。

母は酒を嗜まなかったので、父亡きあとのイデアル公爵家において、酒は料理に使うもの以外は存在しなかったのだ。

すこし口に含んでみると、赤い葡萄色《ぶどういろ》の液体は甘くて口当たりがよく、思ったよりおいしい。

喉が渇いていたせいもあるかもしれない。ジュースと同じ感覚でごくごく飲み干したら、なんだか気分がよくなってきた。

ふと後ろを振り向くと、こちらに背中を向けているアインシュヴェルの腰に、長剣がぶらさがっているのが見えた。

帯剣は、柄に細かい装飾が施された逸品のようだ。これもどこからか略奪してきたに違いない。

ふらりと立ち上がったヴィオレアは、男たちと大声で談笑しているアインシュヴェルの肩に手を置き、彼がこちらを向く前にその腰から剣を抜いていた。

「は――おい……っ！」

アインシュヴェルが驚きの声を上げるのを無視し、ヴィオレアは鞘から抜いた刀身をランプの灯にかざす。

ずっしりと重たく、照らされる白刃は見事に磨き上げられて、煌々《こうこう》と輝いている。しっかり手入れが行き届いていた。

「あんたみたいな盗賊崩れには、もったいない剣ね」

「おい、お嬢さん。冗談じゃすまないぞ」

立ち上がったアインシュヴェルに凄《すご》まれたのだが、ヴィオレアはけらけら笑い飛ばした。

彼と同じテーブルを囲んでいた男たちも、唖然《あぜん》とこの様子を見守っている。

「ふんだ。そんな怖い顔したって、ちっとも怖くないわよ。それよりも、よくも昼間は横から邪魔してくれたわね。イリアに狼藉《ろうぜき》を働いたあの男、私が仕留めるつもりだったのに！」

「お嬢さま……！　何をなさっているのですか！」

イリアが制止する声は聞こえず、ヴィオレアは銀髪男の鼻先に切っ先を突きつけた。

「私と勝負なさい、アインシュヴェル」

「……おまえ、酔ってるな!?」

「あんな不意打ちで横からなんてズルいでしょ！　私を弱いと思ってるの許せない！　今ここで勝負つけるから早く剣を抜きなさーい！」

アインシュヴェルの剣は自分が奪ったのだが、そんなことも忘れて勝負を挑み――そのまま意識はなくなっていた。

第二章

夜半、頭痛とともに目が覚めた。

ベッドに起き上がったヴィオレアは、しばし室内を見回して茫然とする。

薄暗く粗末な狭い部屋にはベッドが二台、無理やり押し込んであった。なんでこんな場所にいるのか、とっさに思い出せない。

(昨日……たしか……。そうだ、王都に向かう途中で襲撃されて……)

賑やかな食堂で夕食をいただいたことまでは思い出したが、その先は完全なる無である。

あわてて室内に視線を巡らせると、イリアが隣のベッドで眠っていた。

質素なネグリジェ姿になっていたが、着替えた記憶も床に就いた覚えもない。

「なんでこんなに頭が痛いの――」

考えることを放棄して、立てた膝に額を当てて呻《うめ》く。

冷たい水で顔を洗ってさっぱりしたい。そういえば、湯浴《ゆあ》みもしていない。湯浴みだなんて贅沢《ぜいたく》なことは言わないから、せめて水浴びでもいい。

昼間、窓の外に小川があったのを見た。そこへ行ってせめて顔だけでも洗おう。

ベッドを下りて部屋を見回すと、水差しのほか、手ぬぐいや着替えが机の上に畳んで置かれている。きっとイリアが用意してくれたのだろう。

ヴィオレアは水をこくっと呷り、手ぬぐいを持つと、物音を立てないようそっと部屋を抜け出した。そして、寝静まった建物を出て川原へ向かう。

月明かりのまぶしい夜だった。深夜と思《おぼ》しき時間だが、夜空は濃紺色で星のきらめきもずいぶんと明るいので視界に不自由はない。

建物の裏手の川へ向かい、川べりにしゃがんで細い流れを眺めて、そっと手で水をすくう。季節は初夏だが、水は冷たかった。

「冷たくて気持ちいい――」

イデアル公爵家を出て、国王のよこした騎士団に監視をされながら馬車に乗り、襲撃を受けて、こんな山の中にある村へ……。

なんと目まぐるしい一日だったことだろう。

昨日の今頃、自分がこんな場所で顔を洗っている未来なんて想像すらしていなかった。

簒奪王の許に召し出されていたら、もしかしたらそのまま閨へ――。その可能性を考えると、自然と肩がすぼまる。

そうなっていたら、きっと自分のことだ。父と兄を殺した国王への恨みのまま、隠し持った短剣でその喉を突いていたかもしれない。

もしそれが現実となっていたら、今頃どうなっていただろう。

目論見《もくろみ》が成功したとしても、ザラストの部下に殺されてしまうか、簒奪王を弑《しい》して圧政を終わらせた勇者となるか——仕損じて反撃を食らうか。

たぶん、失敗する可能性のほうが高い。剣を教わってきたとはいえ、実際に人の身体に刃を振り下ろしたことはないのだから。

とっさとはいえ、アインシュヴェルたちに暗に助けを求めたことに、後悔はない。あの時点では最良の——唯一の選択だったはずだから。

「でも、これからどうなっちゃうんだろう……」

今は助かったとはいえ、この村に一生身をひそめるという未来も考えづらい。

襲撃に遭って行方不明になったヴィオレアを、国王が放置しておくとは思えないのだ。きっと捜索の手はメルシにも伸びるだろう。

「……考えてもしょうがないわね」

頭の中がもやもやしてきたので、ヴィオレアは周囲を見回して人の気配がないのを確認すると、服を脱ぎ捨て、バレッタで留めていた長い赤毛も下ろして、川の中にとぷんと飛び込んだ。

川べりには木がたくさん生い茂っているから、周辺から水浴びしているところは見えないはずだ。

夜半の川は冷たいが、清らかな水に全身を余すところなく浸すと、霞《かす》みがかった頭の中が冷やされてすっきりする。

とにかく今は、この村に馴染むことを考えよう。馴染めば心に余裕が生まれるし、悲観的な気持ち前を向くはずだ。

川はヴィオレアの腰くらいの水深で、思ったより深い。でも流れは穏やかなので、そのままもぐったりぷかぷか浮いてみたりと、ひとしきり水遊びを楽しんだ。

こんなふうに監視もなくのんびりするのは久しぶりな気がする。だが、油断しすぎていたらしい。

「これはこれは、いい目の保養だ」

いきなり男の声がしたのでぎょっとして岸辺に目を向けると、月明かりに輝いている銀に視線が吸い寄せられた。

月を背にしているので顔は見えないが、その声と特徴的な髪色で正体は知れる。

「アインシュヴェル……」

川面《かわも》に浮かんでいたヴィオレアはあわてて立ち上がったが、川底の藻で足をすべらせ、そのまま水に沈んだ。

なんとか姿勢を立て直そうとするのだが、完全にバランスを崩していてうまく足がつかない。

特別深いわけではないが、決して浅くもない川だ。焦れば焦るほど、ぶくぶくと沈んでいく。

（溺死!?）

この死に様は想定外中の想定外だ。

国王と対峙するのでも、盗賊と渡り合うでもなく、水浴び中に溺れて死ぬのはまったく予定に入れてない。

しかも、思いきり水を飲み込んでしまい、息が続かなくなった。

（なんて間抜けな死に方……）

もうだめだと思ったそのとき、ふいに身体が浮き上がり、ヴィオレアの身体は水の中から空気の中へと移動していた。

咳き込みながら目を開けると、力強い腕に身体をしっかり支えられていて、いきなりアインシュヴェルの顔が目の前に……。

「大丈夫か!?」

水が入ってしまって、鼻が痛い。でも、そんなことさえ気にならないほど動転して、思わずアインシュヴェルの裸の胸を思いっきり突き飛ばしていた。

でも、力強いアインシュヴェルの身体はびくともしない。

「暴れるな、また溺れたいか」

ぴしゃりと言われておとなしくしたが、全裸で彼に横抱きにされている現実を見て気が遠くなりそうになった。

あわてて胸元を腕で隠すものの、背中に回された腕の頼もしさに安堵を感じたりもしている。

この複雑な胸中をどう処理すればいいだろうか。

岸に上がったらそっと地面に下ろされ、アインシュヴェルが自分の上着を肩にかけてくれた。

そして、申し訳なさそうに「悪かった」と――。

いかにも俺様といった風体の男の口から、謝罪の言葉が出てくるとは。我が耳を疑う事態である。

動揺に動揺が重なって、ヴィオレアは口をぱくぱくさせた。

しかし、溺死の憂き目から助けてもらった恩はあれど、彼が不用意に声をかけてこなければ、ヴィオレアはこんな無様に溺れることはなかった。完全にアインシュヴェルの責任だ。

「ひ、人が水浴びしていたら、ふつうは遠慮するものでしょう!?」

涙目でアインシュヴェルを見上げて訴えると、彼は顎をひと撫《な》でしてにこっと純真無垢《じゅんしんむく》に笑った。

「美しいものは共有すべきだろ」

――二の句が継げない。

ヴィオレアが絶句していると、アインシュヴェルが背後に立ち、彼女の濡れた赤毛を手ぬぐいでいきなり拭《ぬぐ》い出した。

「そのくらい、自分でやります……！」

「貴族のお姫さまは、自分で髪を拭ったりしないんだろ？」

「普段から身支度くらい自分でしています！　それに、ここでは貴族扱いしないって言ったのは、ご自分でしょう？」

「それは感心」

アインシュヴェルから手ぬぐいを取ろうとしたが、わしゃわしゃと髪を拭かれ、されるがままになってしまった。

もしかしたら、詫《わ》びのつもりなのだろうか。にしても、荒々しく雑に拭われるので髪が傷んでしまいそうだ。

「あの、もういいのであっち行ってもらえますか。服を着たいので」

アインシュヴェルの手が止まった隙を見計らって手ぬぐいを奪うと、それを身体の前で抱きしめた。

男物の上着は裾が長めなので、お尻までしっかり隠れているものの、前開きの上着では胸元が心許なかったのだ。

しかも、周囲に誰もいない状況の中で、よく知りもしない男とふたりきりなんて、イリアが知ったら卒倒してしまうだろう。

「わかったよ。服、ここに置いておくぞ」

ヴィオレアが脱いだネグリジェを近くに持ってきてくれて、彼は木陰に移動した。

(いなくならないの!?)

そのまま立ち去ってくれればいいのに、なんで居残っているのだろうこの男は。

彼が覗《のぞ》き見《み》していないかチラチラと背後を気にしながら、とにかく急いで身体を拭ってネグリジェを着た。

初夏ということもあってネグリジェには袖がなく、胸元もやや広めに開いている。

そもそも、これに着替えた覚えがないのだが、記憶はどこに消失してしまったのだろう。

仕方なくアインシュヴェルの重たい上着を羽織っておいたが、たしか彼は、この上着の下に何も着ていなかったような……。

「着たか?」

「は、はい……」

ヴィオレアが緊張の面持ちで立ち尽くしているのを見て、アインシュヴェルは遠慮がちに木陰から姿を現して、木の根元に腰を下ろした。

やっぱり彼のたくましい上体は裸だった。目のやり場に困って視線をさまよわせたが、ちらりと見えた範囲で、引き締まった腰まわりに茨の紋身《タトゥー》がはっきり見えた。

なんという色香だろうか。この人の存在すべてが、背徳感に満ちている気がする。

思う存分に観察してみたいという好奇心と、淑女としてあるまじき姿勢だという自戒がせめぎあい、ヴィオレアは火照った頬を冷ますように手で風を送った。

できればこのまま回れ右をして部屋に逃げ帰りたいが、アインシュヴェルは話をする気満々らしく、濡れたブーツを脱いで中に入った水を捨てながら言う。

「もう酔いは醒《さ》めたのか?」

「酔い……?」

わけがわからず聞き返すと、アインシュヴェルは精悍な顔をくしゃくしゃにして笑った。

「おっと、覚えてないのか。あんた、かなりの酒乱だろ」

「え？」

何を言われているのか理解が及ばず、目をぱちくりさせる。まったく心当たりがない。

「酒に酔って昏倒《こんとう》したんじゃなかったか」

「私が!?　嘘よ！」

しかし彼はその反応がおかしくて仕方ないらしく、げらげら笑い転げている。

絶対に嘘だと思うのだが、食事をしている途中から記憶が完全に消失しているのは事実なので、何も言えなくなってしまった。

「とりあえず、酒はやめとくんだな。あんたの侍女のイリア……だっけか？　青ざめてたぞ」

ククッと今度は喉で笑われたが、青ざめたいのはヴィオレアのほうだ。

だが青くはならずに頬を赤くしていると、アインシュヴェルが隣に座るよう合図を送ってきた。

逃げ出したい気持ちでいっぱいだが、逃げ帰るのも癪な気がする。恐る恐る彼に近づくと、張り出した木の根に腰を下ろした。

もちろん、手が届かないほどに距離を取り、視線を明後日のほうに向けるのも忘れない。ついでに緊張を紛らすため、濡れた乱れ髪を手櫛《てぐし》で梳《す》いた。

「この村のことは聞いたか？」

「……ええ、ルノさんたちから。でも、見ようによっては、反乱分子を集めた村にしか見えないんですが、本当に平和に暮らしたいだけ？」

彼やその取り巻きの容貌を見たら、国王への抵抗勢力と言われたほうがしっくりくるし、納得できる。

「見てのとおり、半分以上は女と子供だ。それを守りながら王国騎士団と事を構えるのは、よほどの阿呆《あほう》だと思わないか？」

そう言って笑うが、砂色の瞳は決して笑ってはいない。

「でしたら、私たちの馬車を襲ったのはなぜ？　村の存在を国王に気づかれたくないなら、刺激するのは得策ではないはず。私たちが予定どおりに王城に来なければ、必ず捜索はされるだろうし、襲撃を知ったら必ず国王は犯人探しをするはずでしょう」

「自衛のための武器は必要だが、それなりの数を揃《そろ》えられるのは大きな街に限られる。あいにくとこの村に鍛冶師はいない。だが、よそ者が街で武具をごっそり買い上げたりしたら足がつくだろ。それになんだかんだ言っても、今の国王に腹を立てている連中が多いのは事実だ。王国の戦力を削《そ》ぐという名目で、そいつらの不満を多少なりとも解消しているんだ。血気に逸《はや》った奴もいないわけじゃないからな。外に向けて発散させてやらないと、中で爆発する」

それでも、ダルドのような輩はどうしても出てしまうのだと、アインシュヴェルは端整な頬を歪《ゆが》めた。

「それに、ここが見つからないよう場所には気を使っている。しかしあんた、紅茶とスコーンのことしか知らない深窓のご令嬢かと思いきや、意外と話が通じるんだな」

「それは深窓のご令嬢に対する偏見だわ。実際、現状でそんな呑気《のんき》な生活を送れる貴族がどれほどいることか。王都のことはよく知らないけれど、国王に近い貴族ほど、緊張を強いられた生活をしていると聞くし。女といえど、国内情勢にはみんな気を配っていると思うわ」

圧政を敷く暗愚の王から王国を解放した、英雄ザラスト。

そのはずが、自らも暴君へと成り下がった彼は、「英雄王」ではなく「簒奪王」と呼ばれ、次第に周囲の人々に心を閉ざして、臣下からの諫言も耳に入れることはなくなったという。

その姿はまるで、自分が鏖殺した旧王家の亡霊を恐れてでもいるかのようだ――そんな噂《うわさ》を聞いた。

復讐《ふくしゅう》を企てうる旧王家の人間は、もうこの世にひとりとして存在しないのに。

「ここにいるのは、村の存在をザラストに嗅ぎつけられたら困る連中ばかりだ。この平和を維持するために、はみ出し者には容赦しない。まとめるためには統率する奴が必要だし、烏合《うごう》の衆に対し、力を見せつけておくのは大事なことだ」

そして、その力の象徴がアインシュヴェル自身ということか。

「この村は八年ほど前にできたと聞きました。あなたはその頃からここに？　若く見えますけど」

「今は二十三だ。俺は当時、従騎士だった」

「貴族の子弟なの？」

「――元貴族、というのが正確なところだな」

ベルフィアー王国の従騎士は、子爵位より下の階級に属する家の男子で構成されている。正騎士に仕えるいわゆる『盾持ち』のことで、それを経て十七か十八歳で一人前の騎士として叙任される。

アインシュヴェルは妙に人を圧倒し、惹きつける能力があるとは思っていたが、元貴族ということなら、『人に見られる』教育を受けてきたのだろう。

とはいえ、その存在感は教育だけで身に付くものではない。生まれながらに持った才能だ。

簒奪の起きた王城では、ザラストに賛同せず敵対した騎士たちが多く殺害されている。彼もそんな騒乱に巻き込まれたのだろう。

国王に見つかったら殺される。そう思えば、王都を落ち延びたとしても不思議はない。

「あんたはいくつだ」

「十八です」

そう言うと、アインシュヴェルは目を丸くした。

「ずいぶん大人びてるから、二十は超えてるのかと思った。十八……まだ子供か」

「あなた、元貴族というわりに失礼では⁉　十八は立派な成人ですけど！」

「酒に酔って記憶を失くしてるようじゃ、大人とは言えないぜ」

ずいと身を乗り出したアインシュヴェルが、笑いながらヴィオレアの鼻先に指を突きつける。

鼻に水が入ってしまったので痛くて赤くなっていたが、今は羞恥に赤らんでいた。

「い、一度くらいの失敗は誰でもするものです！　それをいちいち揶揄するのは、大人のすることではありません！」

恥ずかしさをごまかすために早口でまくし立てると、勢いよく立ち上がって上着をアインシュヴェルの顔に向かって投げつける。

「だいたい、女性の水浴びを盗み見るのは大人のすることなんですか！」

ついでにそう言い捨てて、走ってその場から逃げた。

（いけ好かない奴……！　あんな男がベルフィアーの貴族だったなんて信じられない！）

それとも、若い男というのはあんな感じなのだろうか。

この村に逗留《とうりゅう》することになったのを、ついさっきまでは最良の選択と考えていたはずなのに、早くも後悔が頭をもたげてきた。

＊

深夜に水浴びをしたまま眠ってしまったので、朝起きたらヴィオレアの鮮やかな赤毛はボサボサのもつれ髪になっていた。

それを見たイリアが必然的に悲鳴を上げる。

「深夜におひとりで水浴びを？　そんな危険な真似はしないでくださいまし。起こしてくださればよかったですのに……。それと、同じ部屋で休ませていただいて申し訳ありません」

侍女とベッドを並べて眠るなんて、公爵家では考えられないことだ。イリアが恐縮するのも無理はない。

だが、子供の頃から国王の監視下にあって、『公爵家』という権威をほぼ知らずに育ってきたヴィオレアには、そこまでの特権意識はなかった。

「そんなこと気にしないで。イリアをここへ連れてきたのは私だし。それに、この村ではみんなが働くのだから、今までみたいな生活をするわけにはいかないわよ。洗濯も料理もできるようになりたいから、イリア、教えてくれる？」

「それはもちろんでございますが……お嬢さまときたら、おいたわしい……。国王の許へ行かずにすんだのは幸いですが、公爵家の姫君ともあろうお方が、こんな山奥で労働だなんて、イリアには耐えられません。なんとかメルシに行く方法がないか、キースさんに相談してみます」

嘆くイリアに苦笑するものの、彼女の言葉に引っかかりを覚えて首を傾《かし》げた。

「どうしてキースさんに？　この村の頭領はアインシュヴェルでしょう？」

「えっ、いえ、深い意味はありませんが、この村の中ではわりと常識的な感じがしまして……。アインシュヴェルという方は、すこしとっつきにくくありませんか？　きっとおやさしいのだとは思いますけれど……」

「やさしい……？　どこらへんが」

たしかに、王都へ送ってくれようとしたり、村へ連れてきてくれたりといった恩義はある。

でも、本を正せば彼らが馬車を襲わなければよかっただけの話だし、過剰に恩を感じる必要はないような。

そもそも、あのニヤケ顔には絶対に裏がある。人の水浴びを覗き見した挙句、裸を見てにやにや笑っていたし、たくさんからかわれた——絶対に許せない。

剣を叩き落とされたことも、実はちょっと悔しくて根に持っている。恥ずかしいから、口に出しては絶対に言えないけれど。

「昨晩、お嬢さまが御酒《みしゅ》を召し上がって昏倒されたあと、あの方がお嬢さまをここまで運んできてくださったのですよ」

「え………!?」

それは聞いていない。

あまりの衝撃で勢いを削がれたヴィオレアが黙ると、イリアはあわてて手を打った。

「か、髪の油をもらってきます！　とにかく御髪《おぐし》を整えないことには」

髪のほつれを解いてもらい、イリアに手伝ってもらって朝の支度を終えたが、これくらいのことは自分の力でやらなくてはならないだろう。

ヴィオレアの朝食の準備をするからと、イリアは先に食堂へ行ってしまった。

しかし、自分が自立するのと同時に、彼女には奉仕精神を改めてもらわなければ、いつまで経《た》ってもヴィオレアはひとり立ちできそうにない。

ベッドを整えてから一階に下りていくと、食堂では数人の男女が談笑していた。もう早朝という時間でもないので、食事をしている村人の数は少ない。

もっと早くに起きて、食堂の手伝いをすべきだったかもしれないと申し訳なくなった。

今からでも手伝えることはないかとイリアの姿を探したら、彼女は台所のカウンターにいて、黒髪の男と会話をしていた。

キースという、アインシュヴェルの取り巻きの青年だ。

あの黒髪の男、昨日からやたらとイリアに絡んでいるように見える。注意してやろうかと思ったが、当のイリアは頬を赤らめてうつむきがちに、でもうれしそうに笑っているではないか。

（これは……）

社交界はおろか、まともな交友関係を築いたことのないヴィオレアにとって、こういう空気感は馴染みがないのだが、暇を持て余して読《よ》み漁《あさ》った恋愛小説のアレに似ている気がする。「いい雰囲気」というやつだ。

そして、イリアも決して迷惑がっている顔ではない。

（あのキースという人は、イリアが好きなのかしら……）

これまでイリアとは、侍女というよりは友人のような、姉妹のような距離感で付き合ってきたが、傍《はた》から見ると小柄でかなりかわいい女性だ。

緩やかに波打つ栗毛、くりくりした青い瞳はまるで人形のようで、ずっと傍で愛《め》でていたい。

年齢は自分のほうがふたつ下だが、もしかしたらイリアのほうが年下に見えるかもしれない。

でも、侍女として支えてくれる彼女はたくさんのことを知っているし、しっかりしていて気も利く。一般的に男性が好きなタイプではないだろうか。

そう思った途端、なんだか置いてけぼりにされた気分になってしまった。

イリアは器用で愛嬌があって、いくらでも仕事がある。それに引き換え自分ときたら――。

この食堂を見回してみても、ヴィオレアが進んでできそうな仕事はちょっと見当たらなかった。

さっそく自分の無力さを思い知って、所在なく食堂の片隅に立ち尽くしていたら、ヴィオレアに気づいたルノたちが「おはよう」と声をかけて手招きしてくれた。

でも、なぜかこちらを見てくすくすと笑っている。

「昨日のヴィオレア、かっこよかったわねえ！　あのアインがたじたじなんて、滅多《めった》に見られないわよ。いいもの見せてもらったわ」

「かっこよかった、とは……？」

酔って倒れたのはかなり恥ずかしいことであり、かっこいいと言われるものではない。

「覚えてないんだ⁉　アインの剣を奪い取って、鼻先に突きつけてたの惚《ほ》れ惚《ぼ》れしたわ！」

「あのときのアインの顔ったらないわね！　思い出すだけで笑えるわ」

「⁉」

「『私と勝負しなさい！』って吹っかけてさ。でも、アインに剣を向けて無事だったのは、ヴィオレアくらいのものじゃないかしら」

「まったくだ。あれが俺たちだったら、酒の席だろうと問答無用で斬り捨てられてた」

キースまで会話に入ってきて、いよいよヴィオレアに恥の上塗りをしてくる。

俄《にわ》かに信じがたいが、ヴィオレアのためにミルクを持ってきてくれたイリアも苦笑しているから、どうやら事実なのだろう。

自分だけが何も覚えていないという状況に、軽い恐怖を覚える。

そんな想像を絶するほど失礼なことをした後で、昨晩の水浴び事件につながるわけだ。

アインシュヴェルが酒酔いのことをしつこくからかってきたのも、それを聞けば無理もないかもしれない……。

しかも、昨晩の食事の席は大賑わいで、この食堂いっぱいに人がいた。村人の多くがヴィオレアの蛮行を目撃したことだろう。

「……あの人、怒ってた？」

こっそりイリアに耳打ちしてみるが、「苦笑しておいでしたよ」と、朗報なのか悲報なのかよくわからない答えをくれた。

剣を奪った挙句に刃を向けたなんて、そこだけ聞けば、殺されても文句は言えないのではないだろうか。そりゃ、酒はやめろと忠告のひとつもしたくなるだろう。

だというのに、笑ってすませてくれたアインシュヴェルに、昨晩は上着を投げつけて帰ってきたのである。

「うう……」

次に会ったとき、どんな顔をすればいいのだろう。

朝から絶望的な気分だったが、気を取り直して食後に皿洗いを買って出て、不器用な手つきで初めての労働に勤《いそ》しんだ。

しかし、監督・指導してくれたイリアの不安そうな顔ときたら……。

「他に何か仕事はある？」

貸してもらった前掛けをびしょ濡れにしながら皿洗いを終え、ルノに尋ねた。

「今は大丈夫だから、とりあえず村の中を回ってきたらどう？　ヴィオレアにしかできない仕事が何かあるかもしれないし」

「では私も……」

イリアがさっそく同行を申し出たが、「刺繍を教えてくれる約束だったじゃない」と若い女性たちに引き止められてしまった。

「大丈夫よ、私ひとりで行ってくるから」

器用なイリアは、とうに自分の役割ができているようだ。彼女が村に馴染むのを邪魔するわけにはいかないし、ヴィオレア自身もやれることを探さなくてはならない。

こうして不安そうなイリアを残し、ヴィオレアはひとりで村の中を探索することにした。

新参者とはいえ、昨日は大勢の村人に会ったから、こちらはわからなくても向こうは新顔が来たことを知っているだろう。奇異の目で見られることはないはずだ。

アインシュヴェルに剣を向けた女、という悪名が知れ渡っている可能性は大いにあるが……。

山の中腹ということもあって、村には勾配が多い。小さな家が何軒も立っているが密集はしておらず、それなりに距離を取っている。

広々とした小麦畑にたくさんの野菜が生《な》った畑、牛舎や鳥小屋もあり、食料に関しては自給自足に近いと聞いていたとおりだ。男たちは馬に乗っていたが、牧場には子馬もたくさんいた。

男女問わず畑で作業をしていたり、水汲《みずく》みをしたり、談笑しながら収穫した野菜を分けていたりと、のどかな様子が見て取れる。

ヴィオレアの顔を覚えていてくれた人からは、忍び笑いとともに挨拶をされて、こちらも引きつり笑いで挨拶を返した。

昨晩の事件が村の語り草にならなければいいのだが……。

「……それにしても、なんて平和なんだろ」

空が高くて、青かった。鳥の鳴く声がのどかだ。

ひとりで農村を歩いた経験なんて一度もない。むろん、街でもどこでも、ひとりで気の向くままに外を出歩いた記憶は持ち合わせていない。

公爵令嬢という身分のせいもあるが、人生の半分以上は監視されながらの生活だったから、今は枷《かせ》が外れたみたいで身軽だ。

ぶらぶら歩くうちに、とある家の前に数人の女性が集まっているのが見えた。自然とそちらに目を向けたが、彼女らの真ん中にいるのはアインシュヴェルだ。

そうと気づいて反射的に緊張で身体を固くする。

彼は建物の玄関扉の前にしゃがみ込んでいて、どうやら扉の不具合を修繕しているらしかった。

「ちゃんと押さえてろよ」

周囲の女性たちに指示しながら、アインシュヴェルが金槌《かなづち》でトンテンカンと作業をはじめた。剣を振り回すだけでなく、大工仕事もこなせるらしい。

やがて作業を終えて立ち上がると、きちんと扉が開閉するかを確かめていた。

女性たちは臆するでもなく、気軽にアインシュヴェルの肩や腕に触れたりとかなり気安い。

話している内容までは聞き取れないが、彼に対して好意的な表情を浮かべていた。

（ならず者のくせにモテるのね）

つい、そんなふうに頭の中で悪態をついてしまった。

イリアも言っていたように、アインシュヴェルはどこかとっつきにくくて、ともすれば威圧感があって怖い感じがする青年だが、こうして見ていると気のいい若者然としている。

あの不遜な感じは、剣を持ったときだけに発揮されるのだろうか。

じっと彼の上に視線を注いでいた自分に気づいて、ヴィオレアはふいっと目を逸らしてその場を離れた。今は顔を合わせるのがとても気まずい。

今度は川辺の開けた場所へとやってきたが、そこでは十人くらいの少年が集まり、剣の稽古をしているところだった。見たところ、ヴィオレアよりも年少と思われる少年たちだ。

手にしているのは木剣だが、狙いがあやふやで受け流しにくいし、防御も甘くてすぐに打撃を受けてしまう。あれではあっという間に満身創痍《まんしんそうい》だ。

もっと相手の動きを観察していれば、打撃を食らわずに受け流すのはそう難しくなさそうなのに。

ヴィオレアは剣匠《けんしょう》に習って剣技を修めているから、彼らの力任せな振り回し方が見ていてもどかしい。あそこをああすれば、自分ならここをこうするのにと考える。

アインシュヴェルやその取り巻きたちはかなりの手練《てだ》れのようなのに、若い人に稽古をつけないのだろうか。自衛と言うからには、基礎からみっちり教えてやるべきなのに。

はじめは遠巻きにじっと見ているだけだったが、とうとう我慢できずに彼らの近くへと歩み寄っていた。

「もっと脇を締めたほうがいいわよ」

おせっかいかと思いつつも横から口を出したら、彼らは戸惑った様子で手を止めた。女に口出しされるのはいやだっただろうか。

しかし、指摘された少年は素直に「こうですか？」とヴィオレアの指摘に従う。

「そうそう。それに腰が引けてるから、もっと重心を落としてこう……」

するとそれを見ていた他の少年たちも真似しはじめる。気になるところは隣に行って実演して見せたり、姿勢を直してやったりするうちに、ヴィオレアの周りに彼らが集まってきた。

「あの、ヴィオレアさん……ですよね？　アインさんと互角に渡り合ったって聞きました！」

「ぜ、全然、互角なんかじゃ……」

むしろアインシュヴェルの一叩きで黙らされたのである。どこをどう曲解したら、そんなふうに話がねじ曲がって伝わるのだろう。

——昨晩の酔っ払い騒動に端を発しているのだとしたら、猛省である。

「寸止めで手合わせしてもらっても!?」

突然そんなことを言われて目を瞬かせたが、昨日、久々に闘争心を煽《あお》られたばかりだ。「いいわよ」と邪魔な長いスカートを捲《まく》り上《あ》げ、膝上で縛った。

木剣を借りると、最初に名乗り出た少年と軽く剣先を合わせる。

彼らは、女性に怪我をさせてはなるまいと配慮してくれていたが、そんな気遣いは無用だった。打ちかかられてもすべての攻撃を跳ね返し、避け、一度たりとも攻撃させる隙を与えなかったのだから。

十歳になる前から稽古を重ねてきただけあって、闇雲に突っ込んでくるだけの血気逸った少年など相手にもならない。べつに力はいらない。相手をよく見て、受け流しているだけだ。

彼らは力も技もありそうだが、基礎がおろそかになっているのが否めない。

——そうして気がつけば、十人相手にして完勝していた。

「じゃあ、次は俺の番だ」

そう言って、次に木剣片手にヴィオレアの前に立ったのは——アインシュヴェル。

昨日みたいに黒くて重たい上着は着ておらず、白い簡素なチュニック姿だ。

昨晩の様々な出来事を思い返し、ぎょっとして後退《あとずさ》ったが、周囲の少年たちが喝采を浴びせるものだから、引くに引けなくなった。

「お嬢さん、お相手願えますか?」

「……お手柔らかに」

銀の髪をかきあげるアインシュヴェルを見上げ、正規の剣術試合をするように切っ先と切っ先を重ね合わせる。

なんだか妙なことになってしまったが、元従騎士の彼がどれほどの腕の持ち主か、じっくり観察してみたい気もした。

もちろん、実戦で培ってきたであろう彼の剣に敵うかもしれないなんて、露ほども思っていない。

昨日の感触から、一瞬で負けるのは目に見えていたが、好奇心を刺激されてしまったのだ。

先に仕掛けてきたのはアインシュヴェルだった。

重心を低くしたまま目を瞠るほどの速度で間合いを詰められ、無意識に後退する。

突き出された剣を受け止めるでもなく刀身で絡め取って流し、彼に中心を取られないように身体を横に逃がした。

とっさに打ちかかろうにも、彼はすぐにヴィオレアを真ん中に捉えて逃がさない。

攻撃対象を自分の中心にもってくるのは基本中の基本だ。自分の姿は、常に彼の標的として狙い定められていた。

(隙がない……)

牽制《けんせい》のために軽く打ち込んでみても、すぐに弾かれてしまう。闇雲に打って出ても、おそらくすぐに攻撃の手は潰される。

剣術の基礎を余すところなく押さえた、正規の騎士の技だった。その上、アインシュヴェル自身の経験が積み重なり、かなりの使い手となっている。一兵卒では相手にもならないだろう。

ただ、このままあっさり負けを認めるのも悔しい。どうせ最初から勝負にならないのはわかっているから、足掻《あが》けるだけ足掻くことにした。

なんとか勝てそうなのは、身軽さだ。素早く身体の位置を変えて、彼を撹乱《かくらん》してやる。

アインシュヴェルの視線が逃がすまいと追いかけてくるが、身体の反応はわずかに遅れる。

その一瞬のズレを確かめて剣を突き出してみると、反射的に弾かれそうになり、すぐに距離を取って離脱した。

このヴィオレアの反応のよさに、彼の砂色の瞳が楽しげに爛々と輝き出す。

しかし、こっちはそれどころではない。神経という神経を張り巡らせ、アインシュヴェルに付け入る隙を与えないだけで精いっぱいだ。こんな緊張感は、いつまでも持続させられない。

ふたたび豪速の剣が襲いかかってくるが、逃げる暇なく受け止めたら、力業でそのまま剣を吹き飛ばされそうになった。

あえて逆らわずに剣を握った身体ごと彼の力に流され、横に転がり出る。

ごろごろと下草の上を回転してしゃがんだまま体勢を整え、すかさずアインシュヴェルの脛《すね》に向かって木剣を薙《な》いでいた。

木剣の刀身が、スコンと彼の膝下に打撃を与える。

「いてぇっ！」

急所に入れられたアインシュヴェルがその場にしゃがみ込んだので、周囲から歓声が上がった。

（勝った……!?）

びっくりして彼をみつめていたら、うずくまったアインシュヴェルが顔を上げて、涙目になりながらもにやにや笑っている。

何かと思ったら、捲り上げて縛っていたスカートが解《ほど》け、ヴィオレアの立てた右脚が太腿《ふともも》のあたりから露《あらわ》になっていたのだ。

「……！」

あわてて剣を取り落としてスカートを直す。

途端に、しゃがんだ姿勢から一気に距離を詰めてきたアインシュヴェルが彼女の腰を抱き、喉元に剣を突きつけてきた。

反応することもできなかった。

間近から顔を覗き込まれて、反射的に顔が赤くなる。腰に当てられた手のひらは大きかった。

「勝負あったな」

ずるいと言おうとしたが、ずるくはない。勝負がついたと、ヴィオレアが勝手に勘違いしたのだ。

「……ずるい！」

でもやっぱり、口をついて本音が出た。

にもかかわらず、アインシュヴェルは満足そうに笑っている。

「ずるくはないさ。相手の弱点をつくのも立派な戦術だろ。一本勝ちとは言ってない」

そんなことはわかりきっているが、余裕の顔で言われると腹が立つ。

だが、そのまま立ち上がらされると、彼がヴィオレアの赤毛の頭を撫でた。

「十八歳の女の子にここまでやられるとは、正直思ってなかった。大した玉だな、ヴィオレア」

彼に年齢を教えてから、子供扱いされている気がする。

ヴィオレアは早くに家族を亡くしたため、年端のいかない少女の頃から、様々な判断を自分でしてこなくてはいけなかった。そんな生い立ちゆえ、自分では老成しているつもりだったから、アインシュヴェルに保護者目線で言われることが不可思議でならない。

突きつけられた木剣を手で遠ざけると、ヴィオレアはあらためてスカートに寄った皺《しわ》を伸ばした。

「余裕綽々で往《い》なしてたくせに、よく言いますね」

「いや、基本がしっかり身に付いていて、あんたの剣はきれいだ」

きれいと褒められてドキッとしたが、剣は長年に亘って真摯に取り組んできたので、悪い気はしない。惜しむらくは、脛への打撃だけで満足せずに、もっと畳みかけてやればよかった……。

ヴィオレアの心の中で滅多打ちにされているとも知らず、アインシュヴェルは楽しそうだ。

そんなとき、ふたりの試合を見学していた少年たちがわっとヴィオレアを取り囲んだ。

「ヴィオレアさん、俺たちに剣を教えてくれませんか!?」

「え!?」

まさかそう言われるとは思わなかったので、目をぱちぱちさせた。

自分などに頼まなくても、目の前に豪剣をあやつる達人がいるというのに。

「私より、彼のほうが適任かと思いますが……」

そう断ってみたが、彼らはどの顔にも苦笑いを浮かべている。

「もちろん教わってますけど、アインさん、絶望的に教えるのに向いてないんです。キースさんたちも素人相手に地獄のしごきだし、練習中はめちゃくちゃ怖い……」

「それに、アインさんに剣を当ててるなんて、常人のやることじゃない！」

アインシュヴェルを振り返ると、何食わぬ顔をして肩をすくめている。どうやら身に覚えがあるようだ。たしかに、すべての剣豪が立派な剣匠であるわけでもないし、その逆も然り。

「私はべつに、構いませんが……あなたはどう思いますか？」

「ヴィオレアは基本がしっかりしてるから、教えるなら適任だと思う。あんたがいいなら、いいんじゃないか？」

それがアインシュヴェルの答えだった。

でも、これは自分にできる『仕事』だ。料理や洗濯をするより、よっぽど向いているのではないだろうか。

「わかりました。私でよければ」

承諾するとたちまち彼らは歓声を上げた。日頃からよほどしごかれているらしい。

人に何かを教えるのは初めてだが、自分が教わったように教えればいいのだ。自分が基礎的な部分を教えておけば、いずれ「地獄のしごき」とやらにも耐えられるのではないだろうか。

「……というわけで、今日の師匠の稽古はここまでだ。さっき教えてもらったことを繰り返しやってみるんだな」

そう言ってアインシュヴェルはヴィオレアの肩に手を置き、その場から連れ去ってしまった。

「まだ何もしてないのに」

「一日で何もかも詰め込んだって、身に付きゃしないさ。ひとつずつ教わったことを呑み込む時間も必要だ」

それはそうなのだが、なんで連れ去られたついでに肩を抱かれて歩いているのだろう。

ヴィオレアは肩に回された手を問答無用で振り解き、彼から距離を取った。

だが、アインシュヴェルは懲りずに距離を詰めてくる。

「いやしかし、いきなり剣術指南とは恐れ入る。本当に順応力高すぎだな」

「どうせ野蛮な女だって言いたいんでしょう」

酔って勝負を挑んだというのだから。自分がアインシュヴェルだったら、呆れて物も言えない。

ともあれ、昨晩のあれやこれやについては謝罪をすべきだろうと思って、彼を見上げたが——。

「いや、女だてらに尊敬する。男も女も関係なく、強い人間は歓迎している」

尊敬するなどと言われて、心臓が驚いた。昨日から色々とやらかしているので、呆れられていても仕方ないと思っていたのに。

初めて出会ったときの鋭い眼光はどこへやら、彼の砂色の瞳はとにかく機嫌がいい。

「と、ところで、どこへ行くんですか？」

「昼飯だ。とっくに昼を過ぎてる。あんたが帰ってこないから、イリアがやきもきしてたぞ」

「お昼——」

夢中になりすぎていて、時間の経過に気づいていなかった。空を見上げれば、もう太陽は中天を通過したあとだ。

「しかし、その格好で戻ったら、あんたの侍女、倒れちまいそうだな！」

ヴィオレアの姿を上から下まで観察して、またアインシュヴェルは笑う。

なにしろヴィオレアときたら、長いスカートを膝まで捲り上げて剣を振り回していたのだ。おかげで服は皺だらけだわ汗だくだわで、イリアがどんな反応をすることか……。

「水浴びでもしていくか？　付き合うぞ」

「結構です！」

昨晩のことを思い出してしまい、アインシュヴェルから距離を取る。

でも、彼の砂色の瞳が楽しげに揺れているのを見て、それ以上何も言えなくなってしまった。

＊

ヴィオレアを連れて食堂へ戻ると、イリアがすっ飛んできて主人に抱きついた。

「お嬢さま、ご無事でようございました！　お供もなくひとりで歩かせるなんて、やっぱりイリアの心臓には悪うございます！」

過保護な侍女は、そう言いつつさりげなくヴィオレアをアインシュヴェルから遠ざける。

さっき、昼になっても戻ってこない主人をイリアが心配していたので、アインシュヴェルが捜索を買って出たのだが、あまり喜ばれているふうではなかった。

「心配しすぎよ、イリア。ちょっと村の中をぐるっと回ってきただけ――」

ヴィオレアが笑って往なそうとするが、イリアの目が不審に細められる。

「お嬢さま、スカートが皺だらけの上、土汚れが。それに、全体的に服装が乱れております」

次いで、まじまじとヴィオレアの顔を覗き込むが、うっすらと汗ばみ、頬を紅潮させている彼女を見て、イリアはとうとう目を吊り上げた。

その険しい目は、必然的にアインシュヴェルに向けられる。

まあ、彼がヴィオレアを探しに出て連れ戻るまで、結構な時間が経ってはいるが……。

ここは食堂で、周りの目もあるため、イリアも具体的に何かを指摘したりはしなかったが、アインシュヴェルはどうやら変な疑いを持たれているらしい。

しかし、当のヴィオレアは、侍女がよからぬ誤解をしていることになど気づかぬ様子だ。それどころかイリアの手を取り、嬉々《きき》として今日の成果を報告した。

「あのねイリア。私、仕事を見つけてきたの！」

「仕事……とは……」

反射的にイリアの表情が強張《こわば》り、ヴィオレアとアインシュヴェルを交互に見やる。

そこですかさず、ヴィオレアの肩を抱いてふたりの会話に割り込んでみた。

「俺の情婦」

それを聞いて、食堂にいた面々は口笛を吹いたり歓声を上げたり、どっと沸いているが、ヴィオレアは意味がわからなかったらしく、きょとんとしている。

イリアは殺気立った怒りの形相を作ると、今にも殴りかからんばかりの勢いでアインシュヴェルの胸倉をつかんだ。

「――とかじゃないからな？」

「こっ、この盗賊崩れのならず者！　金輪際、お嬢さまに近づかないでください！」

ひとしきり彼を威嚇したイリアは、ヴィオレアの手をつかみ、急ぎ足で階上に上がってしまった。

それを見送り、アインシュヴェルはゲラゲラ笑いながら食堂の奥の席へと向かう。

「アイン、趣味の悪いからかい方はよせ」

しかつめらしい顔をしたデューンにたしなめられるも、アインシュヴェルは機嫌よく空いた席に腰を下ろした。

「はは。あのふたり、反応がおもしろくてさ」

村にいる海千山千の女たちとは違い、お嬢さま育ちの彼女たちは純朴なので、どんな反応を見せるのか、ついからかいたくなってしまう。

「村のまとめ役がそれでは示しがつかない」

「いやいや、デューン。下ネタのひとつも知らないまま大人になった野郎こそ危険だぞ。健全な証《あかし》さ」

にやにや顔のウェイクは、これでも庇ってくれているのだろう。

下ネタとは縁のない人生を送ってきたデューンが、ますます眉間に深く皺を刻んだのを見て、アインシュヴェルは強引に話題を変えた。

もっとも、このくらいのことで不和が生じるような部下たちではないが。

「それよりもさ」

ヴィオレアが村の少年たちに剣の稽古をつけていたことを、食事をしながら彼らに詳しく話して聞かせた。

「あの剣技は付け焼刃じゃない。どこにでもいるご令嬢だと思ってたら、足を掬《すく》われるかもな。基礎からみっちり叩き込まれてるし、剣筋は間違いなく王国騎士のものだ。まっとうな試合だったら、この村の連中中でも負ける奴が出るかもしれない。おもしろそうだから、俺も稽古に交ざろうかな」

「…………」

デューンとウェイクが何か言いたげに顔を見合わせているので、理由を質《ただ》そうと眉間に皺を寄せたら、着替えをすませたヴィオレアが階段を駆け下りてきた。

そして、アインシュヴェルの前に立ちはだかる。

「さっきのあれはなんだったんですか！　ああいう趣味の悪い嘘はやめていただけませんか。冗談にしても最低の部類に入ると思います。イリアは純真なんですから！」

ヴィオレアにまで悪趣味と言われてしまい、アインシュヴェルは苦笑した。

しかし、彼女のむくれた顔はひどく溌剌《はつらつ》と生命力に満ちあふれていて、いつまでも見ていたくなる。

「ちゃんと否定しただろ？　先によからぬ疑惑を抱いたのはイリアのほうだ。それより、どうぞお嬢さん」

立ち上がり、空いていた隣の椅子を引いてやる。

「ありがとう」

ほとんど条件反射でヴィオレアは腰を下ろしたが、まんまと話題を逸らされたことに気づいたらしく、歯嚙《はが》みしていた。

「剣はいつから習ってたんだ？」

隣に座って話を向けてやると、彼女はさっきの話を蒸し返すことなく素直に答えた。

「十歳になる前には習っていたと思います。私は昔から男勝りでしたから、父に頼んで引退した王国騎士の方を師匠につけてもらったんです」

それから技術的な内容に話が移ったのだが、デューンとウェイクも会話に加わり、とうとう村で剣を扱う男たちまでもが集まって、ヴィオレアを中心にして侃々諤々《かんかんがくがく》の議論をはじめた。

時間が経つごとに人が増え、結局、大論争は夜まで続いたのである。

しまいには、木剣を持ち出したアインシュヴェルが店の中でヴィオレアと対峙し、議論内容を実演しはじめる始末だ。

しかし途中で誰かが調子に乗ってヴィオレアに酒を飲ませたらしく、彼女の表情があやしくなってきたので、イリアを呼んで早々に下がらせた。

ヴィオレアが中座すると、異様な盛り上がりはようやく落ち着いたが、すっかり酒盛りの場となった店内では、まだまだ酔漢たちが大いに盛り上がっている最中だ。

「……なるほど。おまえはじゃじゃ馬が好みだったんだな」

喧騒《けんそう》を避けた隅の席で、きまじめな顔をしたデューンがアインシュヴェルにそう指摘した。

「別にじゃじゃ馬が好きってわけでは」

とはいえ、ヴィオレア自身に興味を持っているのは否めない。もっとも、今この場にいる連中で、興味を持っていない人間のほうが少数派だと思うが。

「なんていうか……」

小さなつぶやきはデューンには届かなかったが、ヴィオレアを見ていると、懐かしさに似た感情が湧き上がってくるのだ。

その正体がわからないまま、アインシュヴェルはもどかしい思いを酒と一緒に胃の中へ流し込んだ。

第三章

（じゃあアークス、留守番よろしく！）

そう親友に声をかけて肩を叩くと、聡明《そうめい》な顔立ちの少年がやわらかな笑顔を浮かべた。

（身代わりの報酬は忘れないでよ、フリード。教授の『古代天文学史』、必ず買ってきてね）

（わかってるわかってる。ほんとおまえは本の虫だよな。退屈じゃないのか？）

フリードにとって、読書の時間は苦痛なものだ。だからときどきこうして、友人に代役を頼んでは、城下へとお忍びで出かける。

（フリードはもうすこし落ち着いて、勉強にも励んだほうがいいよ。剣も大事だけどさ、いずれベルフィアー騎士団の総大将になるんだろう？　総大将は剣の腕と同様に頭脳も鍛えるべきだ。それに、王位継承権だって高位なんだから、立太子される可能性もあるんだし）

自室で親友を諫《いさ》めつつ、うれしそうに本を机に積むアークスを眺めて、フリードは肩をすくめた。

アークスも自邸で剣を習うより、こうして読書をしているのを好むから、口ではなんだかんだ言いつつも喜んで身代わりを引き受けてくれる。

（だからそのために、市井の人々がどんな暮らしをしているのか、この目で確かめたいんだ）

ニッと笑ってみせると、アークスは呆れ顔で笑い返してくれた。

（それを口実に、街歩きを楽しんでるだけだろう？）

（まあまあ。俺の代わりにこの部屋の本、読み放題だ。持ちつ持たれつでいいだろ。俺が騎士団の総大将になったら、アークスには参謀になってもらうし、もし俺が国王になるようなことがあれば、おまえは宰相だ。俺の頭脳役は託すよ）

そうして笑い合って、「じゃ、行ってくる」とアークスに見送られながら城を出た。


――それが親友《アークス》との永遠の別れになるなんて、思わなかったんだ……。


心をねじ切られるような後悔にうなされながら、アインシュヴェルは飛び起きた。

全身に冷たい汗をかいていて、心臓が張り裂けそうなほど激しく鼓動している。すっきり目が覚めることはなく、泥濘《ぬかるみ》の中に意識を半ば持っていかれたままだ。

しばらく荒い呼吸を繰り返してから、ここが自室のベッドであることを思い出してため息をつく。

（久々に見たな……）

あれから八年が経ったが、今でもときどきアークスとの最後の場面を夢に見て後悔に苛《さいな》まれる。

でも、夜中に飛び起きるほどの鮮明な夢は久し振りだった。

あの頃に思いを馳《は》せると、胸がチリチリと焼けつく痛みを訴える。この悔恨は、この先何年、何十年と経っても消えることはないのだろう。

夢見の悪いベッドにもう一度戻る気になれなくて、小屋の外で水を汲んで一気に呷り、頭からそれをひっかぶる。これで完全に目が冴《さ》えた。

部屋に戻って上着をつかむと、そのまま小屋を出た。

村の入り口に近い場所に、自分ひとりだけの小屋を建てて住んでいる。腹心たちも近場に居を構えているが、独居しているのは彼だけだった。深夜に何者かが襲撃してきても、まず自分がここで食い止めるためだ。

――というのは建前で、誰かと同じ場所では極力眠りたくなくて……。

村中はすっかり寝静まっており、今日も煌々と月が明るい。

アインシュヴェルは村をぶらりと歩くと、村中が一望できる崖の上まで来た。ここなら哨戒《しょうかい》にも持ってこいだ。

この場所から見る星空が、殊のほか好きだった。

星の瞬く広大な空は静かで澄んでいる。

どこまで行っても途切れることのない星の連なりを眺めていると、深く胸に刺さったままの悔恨すら浄化される気がするから――。

でも、なかったことにするわけにはいかない。

必ず仇を討つ。そう決めて今日まで命を長らえてきた。

あの日、すべてが変わってしまった。

最後に見た親友の笑顔を思い出すと、言葉にならない悔恨が湧いてきて、食いしばった歯の間からどうにもならない呻きが漏れる。

八年も経つのに、未《いま》だに。

夜風に吹かれながら、木の根元で眠りにつこうと目を閉じかけた。しかし、女たちの宿から誰かが出てきた気配があり、身体を起こした。あれはヴィオレアだ。

月がまぶしくて視界に不自由はない。あざやかな赤毛が銀色の月明かりに照らされて、やさしい光を放っていた。

彼女は川原に向かったようだが、酔いが醒め、また昨晩と同じく水浴びでもするのだろうか。時間も昨晩とほぼ同じくらいのはずだ。

昨晩は様子を見に行ったら、ありがたい光景が目の前にあったのでついつい覗き見——というより凝視してしまった。

ヴィオレアには思い切り引かれたが、彼女も昨晩の失敗を鑑みて、二日連続でそんな真似はしないだろう。

——こちらとしては眼福なので、毎日でも続けてくれて構わないが。

気になって立ち上がると、アインシュヴェルは崖を下りて昨日と同じ場所へと足を向けた。

川岸には枝葉が張り出していて、外からは目隠しになっており、女たちの格好の水浴び場になっている。

男が覗き見しようものなら、袋叩《ふくろだた》きに遭うのが常だ。

木陰からそっと顔を出すと、今日のヴィオレアは残念なことに寝衣の上にきちんとショールまで羽織って、川原に座り込んでいた。

月光の輝きがヴィオレアの手元を照らし出していて、アインシュヴェルは目を瞠る。

彼女の手には金属――おそらく刃物が握られていたからだ。

（まさか――）

剣を教えるという仕事を自ら勝ち取ったことで、昼間は自信に満ちた表情をしていたし、酒場での騒ぎも楽しそうにしていた。

だが、夜の魔力は人の心を一瞬で変えてしまうことがある。

こんな山奥の集落に連れてこられた絶望に、世を儚《はかな》んで――？

一瞬でそんな想像をしたアインシュヴェルは、思わず繁《しげ》みから飛び出していた。

「ヴィオレアッ！」

「わっ！」

いきなり声をかけられたヴィオレアは、座り込んだまま飛び上がるほどに驚いていた。

そんな彼女に走り寄り、右手に握られていた刃物を乱暴に取り上げる。

「何をして……」

思わず怒鳴りつけようとしたが、途中で喉がふさがって、声の代わりに無音の息が漏れた。

ヴィオレアが心底驚いた顔で、目を真ん丸にして自分を見上げているのだが……。

「お、驚かさないでください！」

ヴィオレアから奪い取った剃刀《かみそり》を地面に取り落として、アインシュヴェルは彼女の傍に膝をついた。

「……その、髪は……」

彼女の前には、バッサリ切り落とされた豊かな赤毛が落ちていたのだ。

残ったのは、肩に届かないほどの短い髪。貴族女性は長い髪を自慢にしているものなのに。

「邪魔だから切っていたんです。もうっ、あなたはどうしていつも、こんな真夜中に活動しているんですか!?　心臓が止まるかと思ったじゃないですか」

ぷんぷん憤っているヴィオレアだが、短くなった髪のせいか大人びて見えた。

「あんたこそ、こんな時間に非常識だろう。それに髪が邪魔っていったって、縛っておけばいいじゃないか。なんでこんな」

「ここにいる間は、私は貴族ではないんです。これだけ長いと洗うにも乾かすにも時間がかかって、自力での手入れが大変だし、いつまでもイリアの手を煩わせるわけにはいかないから。それに剣を教える約束もしたから、短く切ってしまえば都合がいいと思って。思い立ったらすぐやらないと気がすまないんです」

「……潔すぎないか」

髪を切った当人より、なぜかアインシュヴェルのほうが動揺している。切り落とされたヴィオレアの赤毛は、月光を受けて星のようにきらきら輝いていた。

「髪はまた伸びますから。この先どうなるかわからないけれど、私は今ここでできることをしたいんです。『貴族の令嬢』ではなく、私本人を必要としてくれる人たちがいたから。私はそれがうれしいし、できることはすくなくても、何かのご縁があってここにいるのだから役に立ちたいんです」

「…………」

アインシュヴェルが無言を貫き通したせいか、彼女はすこし不安そうに榛色の瞳を曇らせる。

「似合いませんか？」

「いや――よく似合っている……」

心なしか、自分の声が掠《かす》れている気がした。小さく整った顔に目が釘付けになってしまい、そこから離れないのだ。

いっそ気持ちがいいほどの迷いのなさ、勢いのよさ。見ていて爽快ですらあった。

「そういうあなたは、髪濡れてますよ？　こんな時間に水浴びでもしていたんですか？」

「まあ、そんなもんだ。後ろ、長さが揃ってない。整えてやるよ」

「え、でも……」

「髪を切るのも得意だ。自分の髪は自分でやってる」

戸惑うヴィオレアの後ろで膝立ちになり、地面に落とした剃刀を拾い上げると、バラバラになってしまった後ろ髪をきれいに整えた。

ヴィオレアの赤毛は細くてやわらかくて、手で触れると心地いい。

横の毛も梳《す》いてやり、耳にかけると、彼女がすこし後ろを気にして振り返った。

短くなった髪の裾から覗く、白いうなじがやたらと目について困る。

「……本当におかしくないですか？　物心ついてからこんなに短いのは初めてで」

「全然。あんたの髪は手触りがいいな」

小さな頭を覆うように撫でると、つややかな髪がするりと指の間をすべる。

「あの、あまり触れないでいただけますか……？」

なぜ、と聞き返しそうになったがやめた。村娘と同じ格好をしているからつい忘れがちになるが、相手は深窓の令嬢だ。

そもそも彼女にしてみれば、こんな夜更けに男とふたりきりでいること自体、尋常なことではないだろう。でも、手は離さずに髪を撫で続けた。

「……私、いずれは元いた場所に帰りたいと思っていますが、それは許されないんです。もし無理に本来の居場所に戻ったりしたら、私の周囲にいる多くの人がどんな目に遭わされるか……」

独白に似たつぶやきだったが、無視はできなかった。

「情勢は絶えず移り変わる。ただ、今動くことは決して得策じゃない」

そうつぶやくと、ヴィオレアは肩を揺らした。

「やっぱり、あなたたちはこの村に骨を埋める気なんてないんですよね？」

ヴィオレアには、この村はただ平和に暮らしたい人だけが集まった村だと言っておいたが、今の自分の言葉は、それを真っ向から否定するものだった。

彼女もそれに気づいたのだろう。「いずれ動く」と、そう言ったも同然なのだから。

「……いつかその時が来たら、帰れるでしょうか」

「帰れるさ。ただ、物事には機がある。それを見極める目は養うべきだと思わないか？　焦りから闇雲に向かっていっても、結局は払いのけられる。それはあんたもよく知ってるだろ」

昼間の手合わせを思い返す。ヴィオレアは無駄な打撃は一切仕掛けず、逐一アインシュヴェルの様子を確かめ、機が熟すまでは決して動こうとしなかった。あれと同じことだ。

「それまでは、じっと息をひそめて待つんだな」

「ここで待っていていいんですか？　もしそのせいで、村に危険が及んだら……」

「そうなったら『情勢が動いた』ことになる。勝機を狙うだけだ」

ふと肩越しにヴィオレアの顔を覗き込み、間近から彼女の榛色の瞳をみつめた。そっと唇を寄せたが触れはせず、息がかかる距離。

ヴィオレアは物言わず、じっとアインシュヴェルの行動をうかがっていた。

「……逃げなくてもいいのか？　このままだったら、キスするかもしれないぜ」

「あなたは強引な人だと思ってましたが、こういうときは紳士ぶるんですね」

真顔で言われて、噴き出しそうになった。

「俺は、俺を好きじゃない女とは、こういうことはしない」

「……好きになってほしいと言わないんですか」

それには答えず、強引に彼女の瑞々《みずみず》しい唇の上に自分の唇で触れてみた。短くなった赤毛を指に絡め、なめらかな頬に手を当てながら。

熱が重なった瞬間、彼女の肩が強張る。でも、拒絶はされなかった。

すこし冷たい唇だったが、やわらかくて小さくて、アインシュヴェルの征服欲を無性に掻き立ててくる。

――同時に、罪悪感も湧き上がる。でも、それは無視した。

いきなりこんなことをされて、ヴィオレアはどんな顔をしているだろう。驚きに目を瞠っているか、照れて頬を赤らめているか、あるいは憤りに目を吊り上げているか。

行動の結果を確かめたくなって、彼女の唇から一旦離れてみた。

「……私、好きだなんて言ってません。それなのに、なんで」

肩越しにこちらを見るヴィオレアは、どう反応すべきなのか困っている様子だったが、怒ってはいなかった。

月に照らされて青白く映える頬に、ほんのり赤みがさしているのがひどく煽情《せんじょう》的だ。

「俺のことが好きだと、あんたの目が言ってた」

「どれだけ自信過剰なんですか!?」

「拒絶しなかったからな」

目を丸くして抗議するヴィオレアに、もう一度くちづける。

今度は遠慮をかなぐり捨て、驚きでわずかに開かれた口の中に、自らの舌を忍び込ませた。舌を舌先で撫でると、びくっと彼女の細い肩が震えたが、されるがままにおとなしくしている。

「ふあ……」

口内をまさぐり、舌を吸ったり甘噛《あまが》みしたり、唾液を混ぜ合わせるように濃く口を重ねていたら、ヴィオレアの喉が小さく声を上げた。

男の欲を煽り立てる、甘くて淫らな声。

くちゅっと音を立てながら、彼女の声ごと呑み込むようにキスを深めると、眉根にぎゅっと力が入って皺が刻まれた。

「ん、ん」

やり場のない彼女の手が、膝の上で硬く握りしめられている。

アインシュヴェルは身体の位置を変えてヴィオレアを正面から抱き寄せると、華奢《きゃしゃ》な握り拳を上からふんわり包み込んで指を解き、強引に絡め合わせた。

彼女の官能を刺激するよう右の手のひらでヴィオレアの手のひらをさすり、もう一方の手でなめらかなうなじを愛撫《あいぶ》すると、次第にヴィオレアの肩が大きく上下しはじめる。

うなじから喉へと指を這わせ、鎖骨をさすり、寝衣の上からやわらかな乳房に触れて腹部へ向かう。やがて細い腰に到達すると、寝衣の裾をたくし上げて白い腿を堪能した。

すべすべした手触りがたまらなく心地いいし、緊張して身体を強張らせる娘が、おずおずと縋りついてくるのも気分がいい。

口をふさがれて、喉の奥で甘く喘ぐ声がアインシュヴェルの征服欲に火を点《つ》ける。

このまま、強引に奪ってやりたい――。

とうとう、乙女の核心に触れようとしたときだった。

ヴィオレアの手が、太腿の上にあるアインシュヴェルの性急な手を止めた。

唇を離すと、顔を真っ赤にして目を潤ませたヴィオレアが、息を弾ませながら小さく首を横に振っていた。

「あ、の……これは……」

「求愛」

これ以上ないくらいに簡素に短く答えると、彼女はためらいにためらって、睫毛を伏せた。

「私たち、昨日初めて会ったばかりですが」

「そうだな。あんたみたいな勇ましい娘とは、生まれて初めて出会った」

「お互いのことは、何も知りませんよね」

「俺はずいぶん知ったつもりだ。品があり決して驕《おご》らず、強くて、やさしい。俺のことも知っただろ？　ならず者の頭領で器用で、剣を持たせれば右に出る者はいない。ついでに女にもモテる」

日中、ある家の扉を修理していたとき、ヴィオレアが遠くからその様子を眺めていたのをアインシュヴェルは知っていたのだ。

「……ずいぶんうぬぼれてますね!?　そんなことを言って、どうせ他の女の子も同じように口説いているんでしょう？　この村には若い女性が多いですものね」

「誓ってそれはない。村の責任者が住人を食い散らしたりできるか。俺はこう見えて、品行方正で通ってるんだ。そんなに軽薄に見えるか？」

告げた内容は事実だが、ヴィオレアはあまり信用していないようだ。

「――見えます。だから昨日出会ったばかりの私に、平気でこんなこと……」

「あんたは特別だ。最初に出会った瞬間から惹かれていた。ヴィオレア」

あのとき、剣をねじ伏せられた怒りで頬を染めていた戦乙女は、視界に入れた瞬間からアインシュヴェルの中に存在を刻みつけてきたのだから。

彼女の強い目が瞼《まぶた》にくっきり焼きついた。

意志の強そうな口元、剣を握る拳はちっとも儚くないが、そのくせ可憐《かれん》な容姿。

関心を持つなというほうが無理な相談だ。

とどめは昼間だった。スカートを捲り上げ、若い連中相手に木剣を振るっていた姿を見たときには、もう完全に落とされていた。

自分自身の罪も、身分だなんだの煩わしいしがらみも全部吹き飛び、ただ手に入れたいという欲だけが膨れ上がった。

なぜだろう。彼女の顔を見ていると、胸がざわついて仕方がなくて……。

「俺を好きじゃないなら、好きになれ」

「命令!? ん……っ」

もう一度唇を重ね、可能な限り深い場所まで彼女の奥へと入り込んだ。

跳ねる呼吸音と、甘く漏れ聞こえる声が頭の中を満たしはじめると、アインシュヴェルはヴィオレアの身体を抱きしめていた。

思ったよりずっと細くて、頼りない身体つきだ。

夢中になってくちづけているうちに、ヴィオレアの細い肩を押して川原に横倒しにしていた。そのまま覆いかぶさり、執拗《しつよう》なキスで彼女の意識を乱す。

布の上からふんわりとしたふくらみを手で覆ったが、下着のもっさりした手触りが気に入らなくて、襟ぐりから手を差し込んで、素肌を手の中に収める。

直接さわった乳房はやわらかくてあたたかくて、その感触に脳髄までやられてしまいそうだ。

でも、さすがに驚いたのか、ヴィオレアが必死に彼の胸を押してやめさせようとする。

「ま、待って……」

貴族の娘として清純に育てられたであろう彼女には、自分のような得体の知れない男に純潔を差し出すことなどできないのだろう。

息も絶え絶えに、震える手でアインシュヴェルの胸を押し退《お》《の》けてくる。

それでも。

「あんたが欲しい。代わりに俺をくれてやる。俺を好きに使っていいから――」

自分からこの年下の娘に懇願するとは。頭のどこかでそう自嘲しつつも、理屈ではなくて心がヴィオレアを欲していて、その感情を押し殺すこともできなかった。

榛色の瞳がアインシュヴェルを見上げているが、眉根が困り果てたように寄っていた。

「ご存じかとは思いますが、私は――初めてです。こんな、砂利の上でなんて……」

拒絶されるかと思っていたのに、待ったがかかった理由は場所のことだった。たしかに、こんな所では身体が痛いし、無粋だ。

「ベッドでならいいんだな？」

一応、そう確認すると、彼女の榛色の瞳が揺れた。

「あ、の……誰かに見られるのも、いやです」

月光を映して白く染まっているはずのヴィオレアの頬は、夕陽色をしていた。

＊

ここに来るまでの間、まるで現実の出来事だとは思えなくて気が気ではなかった。

あの川原でアインシュヴェルから熱を上げるほどのくちづけをされたのに、逃げるどころか、余計に彼の欲望の導火線に火を点けてしまったのだから。

昨晩、溺れかけて救われたときと同じように抱き上げられ、目のやり場に困って彼の影に視線を落としていた。

聞こえてくるのは、アインシュヴェルが踏みしめる土と細かな砂利の音――そして自分自身の心臓の音。

背中に感じるアインシュヴェルの手に、胸がバクバクと音を立てている。この振動は彼にも伝わっているだろうか。

もちろん、アインシュヴェルがこれから何をしようとしているかはわかるし、ヴィオレアにも知識はある。そもそも国王の花嫁になるための王都行きだったのだから。

（将来を誓い合ったわけでもない男と、それも昨日出会ったばかりの人と身体を重ねたりして――許されるのかな……）

でも、もしこの先、ザラストの許へ連れ戻されることがあったら、どのみちあの国王に純潔を奪われる――下手をすれば、子供だけを取り上げられて殺されることも。

逆に、無事に逃《に》げ果《おお》せたとしたら、そのときはもうイデアル公爵令嬢という存在自体が消滅しているだろう。必死に守るものは、もう何もなかった。

（それなら……）

かといって、投げやりな気持ちではない。最初に出会った瞬間から、ヴィオレアもたしかに彼に惹かれていたのだから。

これが恋心とか愛情とか呼ばれるものかはわからないが、この人の強い瞳にはいつも釘付けになってしまうし、すぐ近くにいたら存在が気になって、落ち着かない気分にさせられる。

荒々しくて恐ろしくて、でもどこか愛嬌があって、楽しいときは顔をくしゃくしゃにして笑う、この強引な男に身を任せてみるのも――どきどきはするが興味はあった。

やがて到着したのは一軒の小さな小屋で、生活感のない居間と狭い寝室だけが備わっている。

アインシュヴェルは寝室の扉を肩で押し開け、ベッドにヴィオレアを下ろした。さっきまで人が寝ていたように、シーツは乱れている。

窓から月明かりが入ってくるが、彼は窓辺のランプに火を灯《とも》してカーテンを引いた。ぼうっと青白かった室内が、たちまちほのかな暖色に包まれる。

アインシュヴェルがこちらに歩いてくると、彼が起こしたわずかな風で炎が揺れる。その揺らめきをみつめていたら緊張感が一気に増した。

「ここ……？」

「俺の家だ。ベッドもあるし、他に誰もいない。ヴィオレアの望みどおりだろ」

ベッドだけで部屋のほとんどが埋まっていて、壁に何着かの服がかけられ、剣が数振り、床の上に置かれているだけだ。

きょろきょろしていたら肩からショールを外され、そのままベッドに押し倒される。ぼふっと背中に感じるベッドから男の匂いがして、心臓音が加速した。

まだ加速の余地があったんだ、と場違いに考えるが、本当にこれからこの人と――。

「ヴィオレア」

どぎまぎしてあちらこちらに散りがちだった視線は、名前を呼ばれたせいでアインシュヴェルの上に固定される。

彼の砂色の瞳はまっすぐで、冗談や好奇心とはまったくかけ離れており、強くヴィオレアを見下ろしていた。

「俺を好きになれ」

さっきと同じ台詞《せりふ》をもう一度言って、ヴィオレアの返事など待たずにキスをしてくる。触れた唇はあたたかくて、思った以上にやわらかかった。

触れ合うだけのキスから唇を食《は》まれてついばまれ、耐え切れずに目を閉じると、首元にくちづけられていた。

「あ……っ」

不意打ちの感触に思わず声を上げたら、彼の大きな手が喉に触れてくる。そのまま肩から寝衣が脱がされ、下着もろともヴィオレアの上体からはだけられてしまった。

露になった乳房に、アインシュヴェルの視線が吸い寄せられた感覚がある。

昨日、川で溺れたときにすでに見られているが、こうしてあらためて凝視されるとひどく恥ずかしくて……。

そっと腕で胸を隠したが、彼は構わずにその上から胸元にくちづけて、短くしたばかりの髪に指を絡めた。

肩から二の腕にかけての線を手でなぞられたら、肌が粟立《あわだ》って身体の芯が痺れる。その間にも、熱い舌先をちろちろと鎖骨の下に這わせてきた。

表面を撫でられているだけなのに、身体の内側に火が灯ったみたいに熱がこもる。

「は……っ」

まるで猫が皿を舐《な》めるように、彼はヴィオレアの胸元を舐め続けるが、そうされていると銀色のやわらかい髪が喉元に触れてくすぐったい。

でも、次第にそれが気持ちよく感じるようになっていた。それと同時に、閉じた脚の間が熱くなっていく。

「ね、ねえ……何か言って?」

身体がうずうずしはじめる感覚に不安が高まってしまうから、それを打ち消すために自分の上に跨る男に声をかけた。

アインシュヴェルはさっきからずっと無言のまま、ヴィオレアの肌を味わうのみだ。それも、乳房とかではなく、鎖骨から乳房にかけての平らな部分だけ。

「――あんまり俺に刺激を与えるな。さわったら、すぐ爆発しそうだ」

刺激を与えるようなことは何もしていないし、どういうことなのかよくわからないが、アインシュヴェルの押し殺した声はひどく色めかしい。

きっと自分は、困惑の表情を作っていたのだろう。それを見たアインシュヴェルがふっと息を吐いて、強張りをすこしだけ緩めた。

「ヴィオレアの身体があんまりきれいで、抑えが利かなくなりそうなんだよ……」

「そっ……そんなこと……」

大きくため息をついたアインシュヴェルは、一旦身体を起こして横たわるヴィオレアを見下ろしたが、胸を隠すために交差させていた両腕をつかんで広げてしまった。

小さなランプに照らされた乳房が、彼の視界の中心に捉えられた。

敵を捕捉するときは、常に相手を自分の中心に持ってくるものだが、今のアインシュヴェルの視線はそれと同じだ。

「きれいだ……女神みたいだな」

アインシュヴェルの口からそんな言葉が漏れるなんて思ってもみなかったから、ヴィオレアはひたすら困惑して彼の砂色の瞳をみつめるばかりだ。

広げられた両腕はそのままベッドに押しつけられ、もう胸を隠すことはできない。

ふたたびアインシュヴェルの身体が上に重なる。その唇は右のふくらみの頂点にまっすぐ向かい、きゅっとすぼまった先端を口に含んだ。

「あ、ぁっ」

彼の口の中は熱くて、舌で舐《ねぶ》り上げるように刺激を与えられたら、押し出されるように声が出ていた。まるでヴィオレアの羞恥心を煽るように、わざわざ唾液の音を立てるのだ。

左の胸は手の中に握り込まれ、指先で頂を押し潰しながら、手のひらでふにふにと揉《も》みしだいてくる。

大きな手ですっぽり覆い隠されてしまい、アインシュヴェルの思うまま自由自在に形を変えられてしまった。

気持ちいいのかどうかの判断はつかない。でも、淫靡《いんび》な音が鳴るたび、居たたまれなさにきつく目を閉じるしかなくて……。

硬くなった粒を何度も強く吸われて、舌と上あごで挟まれ擦られると、やはり勝手に声が漏れた。

こんな理性も何もない、本能のままの声を聞かれるのは恥ずかしいのに、どう努力しようと自分では止められないのだ。

「は――あ、ぁ……っ」

ぴく……と身体が反応するたび、脚の間が熱く滲《にじ》んで濡れていくのがわかってしまう。

ベッドに押しつけられたままの右手首はアインシュヴェルの手で拘束されていたが、彼は手のひらを重ね合わせ、指を絡めてきた。

「ヴィオレア」

低く名前を呼ばれて、固く閉ざしていた瞼を開くと、すぐ目の前にアインシュヴェルの造作の整った顔があった。

鼻先が触れ合いそうなほどの近距離で、緊張のあまりに喉がカラカラだ。

「さわるだけにしておこうと思ったけど、やっぱり無理そうだ。こんなきれいなものを目の前に差し出されて、無傷ですませるなんてできない」

「……傷を、つけられてしまうんですか？」

「ああ。あんたのまっさらな身体の奥に……悪いな」

そんなことを言ってキスを重ね、荒々しく舌で口中を乱し、途中まで脱がしかけていた寝衣をすべて剥ぎ取ってしまうと、下腹部を隠す薄布の中にアインシュヴェルは手を突っ込んできた。

じれったいふれあいの最中に、熱くしっとり湿っていた割れ目の中へ。

指が肉を割って入ってきた瞬間、ぬるっとすべる感覚があった。びっくりして目を見開くと、彼は眉根に皺を寄せて目を閉じていて、手の感覚だけを頼りにヴィオレアの中をまさぐりはじめる。

彼の指がすべるたびに、くちゅりと壮絶なまでに恥ずかしい水音が立った。

敏感に感覚を拾い上げる部分を押し潰されたら、腰が浮いて喉の奥から勝手に声が出る。

「ンんっ、んぅう……っ」

口をふさがれているからくぐもった声になってしまうが、きっとアインシュヴェルはその声を聞きたかったのだろう。

キスをやめてヴィオレアの耳や首筋、胸元に唇を押し当てて、体温をぐいぐい押し上げてくる。

「あぁっ、や……っ！」

胸を舐められていたときとはまったく違う、頭のてっぺんでひっくり返った声だった。声というか、悲鳴混じりの泣き声に近い。

五感のすべてがアインシュヴェルの指先が辿る部分に集まり、彼の擦りつける熱に浮かされて全身の細胞がざわざわと暴れはじめる。

こんな強烈な感覚を味わうのは初めてだ。痛いわけではなく、むしろ気持ちいいのに、半開きになった唇から苦しげな声があふれてしまう。

恥ずかしくて泣きそうになりながら、両手で口元を覆った。それでも下腹部からせり上がってくる快感に声を抑えることはできず、ぐっと喉を詰める。

「隠すな。声を聞かなきゃわからない」

アインシュヴェルはヴィオレアの手を剥がすのではなく、その指を口に含み、舌を使って舐めながら淫らに吸い、指と指の間もくすぐった。

指を唾液でとろとろにされて、じんじんした手に力が入らなくなった。

割れ目への愛撫も続いていて、彼の指はヴィオレアのこぼした蜜でたっぷり濡れている。

(こんなふうに、なるなんて……)

座学で学んだことなど、まったく役に立っていない。恋愛小説にはこんな直截《ちょくせつ》的な行為を記したものはなかった。

自分が自分ではなくなりそうで怖いけど、やめてほしくはない。もっと彼の熱を感じてみたい。

絶えず喘ぎながら、ぼんやりとそんなことを考えていたら、くたりと力なく腕がシーツの上にすべり落ちた。

それを確かめた彼の手が、最後の下着を脚から抜いてしまった。昨晩の水浴びで見られたのと同じ、全裸をさらすことになっていて……。

「は、ぁ――」

男の手がヴィオレアの膝をつかんで立てさせ、左右にぐっと広げる。彼自身はその広げた脚の間に入り込み、上着と、釦《ぼたん》を外した下衣を脱ぎ捨てた。

筋骨隆々の体格ではなく、むしろ華奢にさえ見えるが、細身の身体には鍛え込まれたたくましさが宿り、流れるような線が芸術的ですらある。

そして、間近ではっきり見た、茨の紋身。

左右の脇腹からへそに向かって鎖のように絡まる茨の意匠は、きっと腰をぐるりと囲っているのだろう。

「このタトゥーは……?」

あまりに痛ましい意匠で、問わずにいられなかった。

彼は口元で笑っただけで答えず、ヴィオレアの上に折り重なる。

ずっしりと重たくて胸は厚くて広かった。

そんな彼の身体に組み敷かれ、抱きしめられ、素肌という素肌を愛撫され、愛《いと》おしむようにやさしくくちづけの雨を降らされる。

「ああ……」

あたたかくて、心地いい。こんなふうに素肌で誰かと抱き合った経験はないのに、こうしているとひどく安心感に包まれる。

家族をすべて失った悲しみも簒奪王の花嫁にさせられることも、それから逃げてこんな山村に隠れ潜んでいることも、全部を忘れてしまいそうなほどこの熱に没頭していた。

開いた脚の間に、ときどき硬く尖《とが》ったものが当たる。それが濡れそぼった花唇に刺さると、腰がずきっと疼《うず》いてますます濡れた。

この部分が、蜜蜂を呼び集めるように花蜜で濡れることは知っていたが、身動きするたびににちゃっと蜜鳴りがするのがたまらなく恥ずかしい。

でも、何度も割れ目の中を突かれているうちに、また堪《こら》えようのない嬌声《きょうせい》が喉からあふれ出した。

「はっ……、あ、ア、アインシュヴェル……何か、当たって……」

そう告げるだけでも、声は切れ切れで吐息混じりだ。

「ヴィオレアの中に傷をつける棘《とげ》だ」

「棘……」

顔を上げたアインシュヴェルは、魅惑的な顔に上機嫌の印である笑みを浮かべ、ヴィオレアの手をそこに誘導して何かを握らせた。

「え……っ」

それは硬くて熱くて――脈打っている。

握った手の上にアインシュヴェルの右手が重なり、彼が腰を前後に揺らしはじめると、手の中の棘がズルズルと動いた。

「は――っ、気持ちいい」

空いた左手をヴィオレアの顔の横につき、緩慢な動きでアインシュヴェルはそれを続ける。

笑ってはいるが時折、恍惚《こうこつ》とした表情を浮かべて、壮絶な色気を含んだ吐息をつくのだ。

だが、握りしめた熱い棘の先端から何かがあふれて、ヴィオレアの手を濡らす。そこでようやく、彼が『棘』などと暗喩していたものが、男性器であることに思い至った。

生々しい肉欲に直面しているのだと知り、たちまち真っ赤になった。

現実味がなくて戸惑ってしまうが、彼は昂奮《こうふん》したように呼吸を乱している。この行為が気持ちいいのだ。

そう思ったら急に胸が苦しくなって、アインシュヴェルの雄芯を握りしめる手に力を籠めていた。

「――――！」

彼が弾かれたように大きく息を吸い込むと、余裕の表情を歪めて覆いかぶさり、ヴィオレアの唇を荒々しく奪いに来る。

まるで獣に食らいつかれている気分だった。咬《か》みつきこそされなかったが、激しく舌を絡まされ、吸われて、甘噛みされて、どんどん意識が流される。

そうしている間にもふたたび指が下腹部に伸びてきて、熱くぬるついた割れ目を押し広げられた。あっと思った瞬間には、剥《む》き出《だ》しになった花蕾を甘くねっとりと押し潰されて、また忘我の悦楽に堕《お》とされてしまう。

「んぁ、あぁああっ！」

陰核を擦られて全身が沸き立ち、堪えきれずに力いっぱいアインシュヴェルの背中にしがみついた。

思った以上に厚みのある身体はがっしりしていて、この下に押さえつけられているという感覚に、知らず知らずのうちに快感を得ていた。

誰かに支配されるなんて絶対にいやだったはずなのに、この荒々しくも美しい獣に捕らわれている現実に、心が満たされていく――。

「はっ、あぁっ、アイン……っ」

唇が離れた一瞬の隙に名前を呼んだら、前髪をかきあげられ、額にたくさんのキスをされた。花蕾に彼の指が小刻みの律動を与え、膣《ちつ》の浅い場所を行き来していく。

ぬぷぬぷと猥《みだ》りがわしい音に耳を犯される感覚と、もっと奥を激しく責め立ててほしいもどかしさとが相まって、乱れた悲鳴を上げていた。

「おねがい……焦《じ》らさないで……」

潤んだ瞳で訴えたら、アインシュヴェルの喉仏がごくりと動く。

「そんなこと言うと、もっと奥まで挿《い》れるぞ」

その結果がどうなるのかは想像もつかないが、表面ばかりをやさしく触れられているのは、逆の意味で苦痛で仕方がなかった。

次の瞬間、アインシュヴェルの指がぐっと中に入り込んできたのを感じた。狭い通路を広げるように指で中をかき回し、膣壁をねっとりと愛撫される。

「あ――あ――」

膣内の一点を執拗に押し潰すのと同時に、母指球で割れ目の中のふくらんだ蕾をもみほぐし、じゅぷじゅぷと卑猥《ひわい》な水音を立てた。

その間、胸もどろどろになるほど舐め回され、お腹《なか》の奥の方に熱が蓄積されていく。こんなに激しい快感があったことを今まで知らなかった。

身体だけではなく、思考までもが肉欲に侵食され、愉悦だけを貪っていたくなった。

「痛くないか？」

「……すごく、気持ちいい……っ」

次第に圧迫感が増していくのは、そこを犯す指が増えたからだ。二本、三本とヴィオレアの中に突き立てては、蜜を掻き出している。

「あっ、あっ、も、やだ……っ、変なの……っ」

身体の中でアインシュヴェルの指が蠢《うごめ》いて、内側のありとあらゆる部位を翻弄《ほんろう》した。

最初は違和感ばかりだったのに、ヴィオレアが無意識のまま顕著に反応してしまった場所を、彼は情け容赦なく狙い定めて責め立てるのだ。

きっとあさましい顔をしているのだろう。でも、表情を作るなんて、もう無理。

「かわいいな。耳まで真っ赤にして、そんなにいいか？」

耳元で意地悪く笑われ、むくれてそっぽを向いたら、折り曲げた膝を胸に近づけられていた。

「えっ……」

ぐっしょりと乱れた割れ目がアインシュヴェルの視界にさらされている。あわてて脚を閉じようとするが、間に彼がいるのでどうしようもない。

それだけでなく、はしたなく糸引く愛液をあふれさせる膣口に、彼の指が突き立てられているのだ。想像しただけで、思考停止に陥った。

「……ぁあっ」

彼の視界の中で指の抜き挿しされているのを、自分は正視できない。いやいやと手で顔を覆って隠れるが、アインシュヴェルのその行為を止めようとはしなかった。

（気持ちよすぎて……だめ……）

もっと続けてほしいと思った途端、指が抜け出ていってしまい、ヴィオレアは泣きそうになりながら深呼吸した。

蜜まみれの局部がひくひく痙攣《けいれん》している。腰もうずうずしていて、快楽をたくさん教え込まれた陰核がズキリと疼く。

そんなとき、耳元で「挿れたい」と彼が掠れ声で囁《ささや》く。

鈍った頭が働かなくて、承諾はしなかったが拒否もしなかった。すると、ヴィオレアの脚の間でアインシュヴェルが膝立ちになる。

――彼の中心で隆々と勃ち上がる男性の、楔。

それは楔なんて生易しいものではなかった。不自然なまでに大きくて異質で、ひどく猥りがわしくて……。

さっきまであれを握っていたのだと思うと、赤くなるを通り越して青くなった。

彼はその楔を手にすると、愛液でとろとろに濡れている割れ目にその先端を宛《あて》がう。

「ま、待って……それ、挿れる……？」

さっきまで指を挿し込まれていた場所に、その獰猛《どうもう》な昂《たかぶ》りを挿れようというのだろうか。

最初に「楔」と言われた先入観から、そんな極悪な異物だなんて思ってもみなかったのに。

「だめか？」

「だ、だめというか……入る、の……？」

「やってみればいい」

初めて見たその大きさに尻込みするが、アインシュヴェルに唇を食まれ、舌を挿し込まれる深いキスに溺れさせられる。

その隙に、熱塊が突き上げるようにヴィオレアの媚肉《びにく》を割って入ってきた。

さっきまで指で慣らされていたものの、圧迫感がぜんぜん違う。

蜜孔は狭くて、その圧倒的な質量のものを突き入れられると、乙女の柔い肉がみしみしと軋《きし》み出した。

でも、十分以上にあふれた愛液のぬめりで、彼の長大な楔をかんたんに誘い入れてしまう……。

「あ――ッ」

痛いというか、苦しい。どうなってしまうのかわからなくて、緊張で息が詰まるのだ。

どうやら息を止めていたらしく、アインシュヴェルがちゅっちゅっとやさしくついばむキスで、ヴィオレアの呼吸を促した。

「力を抜けよ。そんなに全身ガチガチにしていたら、敵に剣が届かない」

剣技に喩《たと》えられてふふっと笑ってしまったら、ベッドを軋ませながらゆっくりゆっくり時間をかけて彼が侵入してきた。

ちくちくと刺すような痛みと、内臓を押し上げられるような圧を感じる。でも、彼に呼吸を先導されながら、その腕にしがみついて身を任せた。

今さらジタバタしてもしょうがないし、この捉えどころのない男に奪われるのは、ひどく心地いい。

「一気に挿れるからな」

「……んっ」

耳にキスをしつつ彼は言い、宣言どおり一気に突き入れてきた。

強引に狭隘《きょうあい》を押し広げられて、ズキッと疼痛《とうつう》が走って眉をひそめたが、その明瞭な痛みは一瞬のことだった。

ヴィオレアの腿に彼の腰骨がぶつかって止まる。結合部がチリチリと痛みを発しているが、耐えられないほどではなかった。

むしろ、見上げた彼の顔のほうがつらそうだ。秀麗な眉目に皺を刻み、肩で息をしながら奥歯を噛みしめているのだから。

そのくせヴィオレアの心配をして、短くした赤毛にさわさわと触れてくる。

「大丈夫か？」

「平気……あなたこそ……」

苦笑して返したつもりだったのにヴィオレアの声は震えていて、おまけに彼女の目元に触れたアインシュヴェルの指が水に濡れた。

「え――泣いてる……」

自分でも驚いて涙を拭う。今まで何も知らずにいたところにたくさんの情報を流し込まれ、身体も心も混乱をきたしているのかもしれない。

「べ、べつに深い意味はないです。初めてのことだらけだから、気持ちが昂っているだけで……」

「そうか」

言い訳をしたら頬にキスされ、中を貫いたままのアインシュヴェルに抱きしめられていた。

「アインシュヴェルこそ、つらそうな顔をしてましたけど……泣きたいなら泣いていいですよ?」

自分の涙をごまかすために言ったのに、彼は目を丸くしてから上機嫌の顔になってヴィオレアの髪をくしゃくしゃに乱してきた。

「つらいどころか、その逆だ。あんたの中にいると、棘が溶けそうだ」

そう言って腰をわずかに揺らしたが、その小さな振動がヴィオレアの体内にも影響を及ぼすからたまらない。

「ぁ……んッ」

重なり合った肉が擦れて、痛みと心地よさを同時に感じて声を上げたら、目元に残っていた涙の雫《しずく》を舐め取られた。

「と、棘なんてかわいいものでは……。私は、杭《くい》を打ち込まれた気分です……」

男の熱塊が、お腹の中にずっしりと居座っているのが不思議だ。痛みはあったはずだが、結合したまま抱き合っていたら、痛みも平らになっていた。

でも、それきり沈黙が落ちたので、ヴィオレアは遠慮がちに彼の背中に手を回してしがみつきながら、ずっと思っていた疑問を口にしていた。

「……本当はあなたたち、ザラストに反旗を翻そうとしているのでしょう？」

「それ、この状況で話すことか？」

アインシュヴェルが肩を震わせて笑い出す。

「今なら、なんでも素直に教えてくれる気がしたから」

そう言いながらも、この村に来て二回目の夜、男と褥《しとね》を共にしているなんてやっぱり不思議でならなかった。

背中に手を回され、アインシュヴェルが横になる。

彼の腕の中に囚われたまま、ヴィオレアはその厚い胸に頬を当てた。

「たしかにまあ、惚れた女には弱いな」

「……それって、私のこと？」

「他に誰がいるんだ」

「惚れた……って、信じられなくて」

うつむいて小声で言ったら、ぎゅうと抱き潰されるほどに強く抱きしめられた。

「俺も正直、びっくりしてる。身持ちは堅いつもりだったんだけどな。とはいえ、ドレス姿で剣を握ってにらみつけてきた女には、どうしたって惹かれるだろ」

「それ、変よ絶対……」

短くなった赤毛に手を突っ込まれてぐしゃぐしゃに乱されるが、彼はひどく機嫌がいい。

でも、これ以上この話題を続けるのが気まずくて、あえて話の腰を折って強引に軌道修正を図った。

「――あなたの実力と人望があれば、人を集めることはそう難しいことではないわよね？」

「ずいぶん買ってくれてるんだな」

「見ていればなんとなく。常人にはない威圧感があるもの。それに、キースさんやウェイクさんは戦場慣れしているし、昨日の襲撃に参加していた人たちはみんなちゃんとした訓練を受けていますよね。あのデューンという人も、元王国騎士だと思いましたし」

「ご明察」

言うなりアインシュヴェルがヴィオレアの腰を抱いてつかみ、ゆっくり上下に動かしはじめた。

「あ、ぁあ……っ」

「ここにいるのは仲間のほんの一部だ。王城内にも勢力の手を伸ばしている。身内や友人をザラストに殺された連中ばかりだし、奴の簒奪のせいで生活の基盤を失った者も多い。奴の統治下で一生逃げ回るくらいなら――奪い返すしかない」

そこまで具体的に内情を話してくれるとは思わなかったから、逆に驚いてしまった。

驚きはしたが、ヴィオレアの孔に深々と刺さった陽根が最奥を突いてくるから、肉塊に襞《ひだ》が擦られる痛みとどうしようもない快感に同時に襲われて、考えていたことが雲散霧消する。

彼の胸に自分の胸を押し当て、銀色の髪の中に指を差し込んでしがみついた。

「やあぁっ、待って……わ、私にそこまで、話していいんですか……？　私が、間諜《かんちょう》という、可能性だって——んあぁっ！」

もちろんそんな可能性はゼロだが、それはあくまでヴィオレア視点でしかない。

しかしそんな会話を続けながらも、アインシュヴェルの攻め手は止まらなかった。

ヴィオレアの腰をつかんでいた手がお尻に移動し、もっと激しくゆさゆさと揺さぶりはじめたら、理性的な言葉は半ば失われる。

「間諜なのか？」

「ち、ちがうわ！　でも、あっ、あぁあ……よそ、者なんて……疑うのが、ふつうで……っ」

「俺たちがあの馬車を襲ったのは、本当に偶然からだ。あの周辺は俺たちの狩場じゃない。本当にヴィオレアが間諜なら、もっと俺たちがかんたんに食いつく罠《わな》で釣っていただろうからな。それに、あんたには間諜は向かない。隙だらけだ」

「いや……待って、そんなされたら……っ」

浅く出し入れされるたびに水に濡れた卑猥な音が鼓膜を叩き、ずっぽりと彼を咥《くわ》え込んでいる部分が激しく滲む。

「間諜だったとしても、構わない。俺に寝返らせるだけだ」

苦痛ではないが快感というわけでもない。でも、アインシュヴェルに穿たれているという強烈な事実に、気持ちが昂りつづける一方だ。

「やっ、まだっ……」

そのまま仰向《あおむ》けに倒されると、起き上がったアインシュヴェルが、お尻の下に自分の膝を入れてきた。

腰が持ち上がっているので、こちらからもつながり合っている様子が見えてしまう。

ズルッと途中まで抜けた赤黒っぽい棘が、ヴィオレアの蜜をまとって濡れていた。その様子は言葉にならないほどの淫猥《いんわい》さだ。

「痛むか？」

首を横に振ると、膝裏を抱えられて本格的に抜き挿しがはじまった。

動かれるたびに肉襞を擦られるチクチクした痛みが起きるが、過ぎてしまえば痛みとも思えなくなった。

自分自身の身体も、最初は突然の侵入者を異物と認識していたようだが、何度も出し入れされていくうちに馴染んでしまった。

まるで涎《よだれ》をこぼしてご馳走を待ち受けるかのように、あとからあとから蜜を滴らせる。

「あっ、んぁっ、いやぁっ……あぁあっ、ぁっ」

嵐に巻き込まれてなす術もない。そんな状態で抽挿を繰り返されていると、ヴィオレアの目端には、男の肉塊が自分の中に突き立てられる様子がいやでも映った。

なんて淫らで、背徳を煽る光景なのだろう。

本来、生殖のためだったり、夫婦が愛し合うための行為なのに、今は快楽を貪るためにこうして身体を重ねている。

（でも、気持ちいい……っ）

一瞬、ぼんやりそんなことを考えていたら、擦れ合う場所から、これまでとは別の感覚が湧き起こりはじめた。

どんどん押し上げられて、追い立てられる感覚だ。

快楽の頂点が見えてきて、すこし尻込みしている。

それでも無意識のうちにアインシュヴェルのたくましい背中を求め、腕を伸ばしていた。

すると、立ち膝でヴィオレアを責め立てていた男が上にのしかかり、身体を抱きしめてくれた。

でも下腹部の摩擦は止まらない。

ふたりの吐息と、腰がぶつかる生々しい音が狭い部屋に響き渡る。

「んぁっ、あっ、アイン、シュヴェル……っ、私――」

うっすらと汗ばんだ彼の裸の肩に額を押し当てていたが、すこし押し退けて顔を上げると、銀色の髪をくしゃっと握った。

「わ、私のこと、好き……？」

一瞬、彼が目を瞠って動きを止めたが、ベッドに肘をついて顔を近づけると、ヴィオレアの耳元に唇を近づけて言った。

「好きだ、ヴィオレア。一目見た瞬間に、出会うべき人に会えたのだと……」

ふんわりと唇をふさがれたとき、ヴィオレアを貫いた楔が中を熱く突き上げた。

「んっ、んんーッ！」

喉の奥で呻いたと同時に彼を咥え込んだ襞が蠕動《ぜんどう》し、獲物をきつく食い締める。

擦り上げられて生まれた熱が一気に弾けて解放されたら、怖いくらいの快感が全身に広がっていった。

あたたかくて、心地いい。

でも、その最中にも低く呻きながらアインシュヴェルが腰を押しつけてきて、きつい狭隘の中でさらに結合を深め、ぐちゃぐちゃにかき回しはじめた。

「今、だめ……ぁあ……っ、だめぇっ!!」

重たい男の身体に押さえつけられ、その下で腰を弓なりに反らして絶叫する。やがて声を呑み込み、無言のまま甘すぎる快感を自分の中に受け入れ、落とし込んでいく。

その最中に、腹部を穿っていた荒々しい棘が引き抜かれて、ヴィオレアのひくつく腹部の上に彼が精を解き放った。

白濁の粘液が吐き出されるが、その肉茎には蜜と血とが混じり合ってまとわりつき、粘膜の生々しさを思わせる。

「あんたの中に傷、つけた証だ——」

はじめに「無傷ではすませない」と宣言されたとおりだ。アインシュヴェルのそれは謝罪でもなんでもなく、報告だった。

あの出血は、ヴィオレアの純潔が奪われた結果なのだろう。

激しすぎる快感の波がゆっくりと引いていくと、強張っていた身体がすっかり抜け殻になってしまい、ベッドに深く身体が沈んだ。

＊

大きな手がずっとヴィオレアの髪を撫でたり、耳にかけたりと、まるで毛づくろいみたいなことをしているのは、意識の外で感じている。

でも、その感覚が心地よくてなかなか目は覚めなかった。

「ヴィオレア」

耳元でささやかれて、ようやく意識がこちらに戻りはじめる。

誰の声だろう。男の声で自分の名前を呼び捨てるのは——。

「……お兄さま？」

自分の声で目が覚めた。すると、すぐそこに男の裸の胸があったのであわてて視線を上げたら、彼の腕を枕にして身を寄せていた。

「おはよう」

目覚めの第一声は、色気に満ちた低音だった。

「お、おは、よ……？」

一瞬、自分がどこにいてどういう状況だったのかすっぽり抜けてしまって、疑問符で頭がいっぱいになる。この男は——。

「……アインシュヴェル？」

彼の身体の向こうに見えるカーテンの隙間から、朝のやわらかな光が射し込んでいた。

陽光を目に入れた途端、昨晩の淫らな記憶があざやかによみがえってくる。アインシュヴェルの部屋のベッドで、身体を重ね合ってしまったのだ。

ところどころ記憶が曖昧になっているが、『人生初』をたくさん味わった……。

「——イリアが心配してるかも」

恥じらいも驚きも無理やり隠して、なんでもないふうを装って身体を起こす。恥じらうことが恥ずかしかったのだ。

だが、胸の上から肌掛けがずり落ちたら、その下は全裸だった。

おまけに、下腹部に鈍い違和感が残されている。

結局はうろたえてしまったのだが、アインシュヴェルのたくましい腕がヴィオレアの肩に回り、彼女をふたたびベッドの上に戻してしまった。

「そんなそっけなくされたら淋《さび》しーんだけど？　昨晩はあんなにかわいかったのに」

「……どうせ、かわいくないです」

視線を合わせるのが恥ずかしくてたまらず、そっぽを向く。だが、その視線の上にアインシュヴェルが顔を寄せてきた。

「ははっ、かわいいかわいい。昨晩はご満足いただけましたか？　姫君」

口ではからかいつつも、アインシュヴェルの砂色の瞳は心からうれしそうに、とろけた光を浮かべている。この男、恐ろしいのか甘いのか、よくわからなくなってきた。

しかし、身体を重ねた結果は、満足したとか不満とかいう問題なのだろうか。基準がよくわからなくて返答に窮したので、聞き返した。

「アインシュヴェルは――満足だったんですか？」

すると、彼は目を丸くして口を噤《つぐ》んだが、一瞬の後には顔をくしゃくしゃにして笑った。

「最高に満足だった。欲を言えば、もっとしたいけど……」

ヴィオレアの頬に唇を押し当てるだけで引き下がり、横向きになって彼女を抱き寄せた。

「あんたには兄がいるのか？」

「はい。でも、八年前のあの騒動で殺されました」

彼の胸にこつんと額を当てて、ヴィオレアは淡々と答える。

「城にいたのか？」

「何の用事だったのかは、私はまだ幼かったので詳しいことは知りませんが、兄は後継として父についで色々学んでいる最中だったようです。そこで巻き込まれて……」

そう言って口を噤む。ここでヴィオレアは「イデアル公爵令嬢」ではなく「メルシ男爵令嬢」と名乗っていたのだ。

メルシ男爵は存命だし、それはもちろんアインシュヴェルも知っている。

父も兄も殺されたと白状したら、矛盾に気づかれてしまう。父のことは黙っておくことにした。

「そうだったのか……」

彼は元貴族だと言っていたし、ザラストと敵対している。それならばヴィオレアと旗色は同じだから、正体を隠す必要はないかもしれない。

でも、自分の事情を全部話していいのだろうか。国王の花嫁候補だなんて知られたら、この村にとっての災厄と思われ、追い出されてしまうのでは……。

身体は許してしまったが、まだそこまでアインシュヴェルにすべてを打ち明ける気にはなれない。それきり口を噤んだ。

「そういえば、王城内にもあなたたちの仲間が入り込んでいるって言ってましたね。ザラストを、斃すの……？」

「いや……」

尋ねたら、彼は迷った顔で仰向けになった。

「ザラストを殺《あや》めるのは、たぶんそう難しいことじゃない。だが、その後が問題だ」

「その後？」

「簒奪王だろうと暴君だろうと、王は王だ。王国の頭《ザラスト》を叩き潰した後、何者をもってその座に据えるのか。新しい王が必要になるが、適当な人物がいない」

「そっか……そうよね。旧王家の血を引く人は、みんな殺されてしまったものね……」

この状況では、誰が国王の座に就こうと必ず反発が起こる。万人が納得する人物を選び抜くのは難しいのだろう。

「でも、別に簒奪王を打倒した後に、旧王家の人間を据える必要はないでしょう？　血筋はいずれ絶えるものだし、現状より善政が敷かれるなら反発は少ないと思うの。それを担うのがアインシュヴェルではだめなの？」

「俺はそんなガラじゃない」

「そうかしら。王都にいるお仲間がどんな人たちかは知らないけれど、アインシュヴェルは他人に影響を与える人だと思うわ。最初に見たとき、とても圧倒されたし、人を従わせる能力――っていうのかしら、そういうのが具わってると思ったのだけど……」

別に褒めたりとかお世辞を言ったりしているつもりはなく、事実をそのまま告げただけだ。

でも、彼はうれしいような困ったような難しい顔をして、ヴィオレアの短くなった赤毛を撫で回してきた。

「あんたにそう言われるとこそばゆいな。まあ、なんにせよ、いつでも行動に移せるよう準備だけは整えてるところだ」

やや強引に話を終わらされてしまった気がするが、それを気にする暇はなくなった。

彼がヴィオレアの胸の頂に吸いつき、どうしたって感じてしまう手管で舐りはじめたのだ。

「あ——っ、ふぁ、だめ、こんな時間に……」

彼は返答せずにヴィオレアの胸を舐めることにご執心だ。そのうち、両手で身体中を愛撫されはじめて、昨晩の行為で燻《くすぶ》っていた官能の火種があっという間に再燃する。

「起きる前に、もう一度だけ——」

「や、あぁっ！　だめぇっ……」

朝から腰が砕けるほどの快楽を流し込まれ、頬の火照りがしばらく収まりそうになかった。

第四章

アインシュヴェルはどこか得体の知れない男だと思っていた。

人を圧倒するほどの強さを誇り、身内と言えど掟破りには非情になる。

砂色の瞳は、ひとにらみで相手を射すくめてしまいそうな鋭利さを具えている。

ところが、彼と一晩を過ごした翌日のこと。

ヴィオレアは現在、街へ向かう幌馬車の荷台の上に座っているのだが、その背中にはアインシュヴェルがべったりと抱きつき、彼女の髪を梳いたり頬にキスをしたりと、同行している男たちが白けるほどの溺愛ぶりを発揮しているのである。

「あ、あの、暑いのですが……」

初夏の街道は暑い。いくら幌の下とはいえ、生ぬるい風を浴びて、背中をアインシュヴェルに覆われていると、暑くて仕方なかった。

「俺のものだって主張しとかないと」

「私はあなたのものではありませんし、そもそも『物』じゃないです」

「おいおまえら、ヴィオレアには絶対に手ぇ出すんじゃないぞ」

「誰がそんなおっかないことしますか」

幌馬車に騎馬で同行しているのはキースとウェイクで、今日はお目付け役のデューンも御者席にいる。

情報収集がてら、これからちょっとした買い出しをしに行くというので、ヴィオレアも同行を願い出たのだ。

「それにしても、アインって恋人ができるとこういう感じだったんですね……。知らなかった一面だ」

キースは決して、アインシュヴェルの新しい一面を知れてうれしいわけではないのだろう。完全に呆れ顔だ。

「なあ、これって示しがつかないのと違うか？　アインが拾ってきたお姫さんと、ねえ？」

キースとウェイクの嘆きもどこ吹く風、ヴィオレアの後ろから顔を覗き込んだアインシュヴェルは、困惑する彼女の唇に遠慮のない深いくちづけを重ねた。

幌馬車の後ろについているふたりは、見て見ぬふりをする。

「ア、アインシュヴェル！　遠慮とか恥じらいという言葉を知らないんですか!?」

「ああ、知らんね。怒った顔もかわいいな」

「………」

怒るに怒れないヴィオレアだが、この状況に一番怒り狂っていたのは、誰あろうイリアだった。

なにしろ、イリアは早朝から「お嬢さまがいなくなった！」と言って、村中を捜し回っていたらしいのだ。

しかも、川岸には剃刀と一緒に、ざっくり切られたヴィオレアの髪が放置されていたものだから、不吉な想像をしてしまって半狂乱だったらしい。

そんな状況下、ひょっこりとふたりで姿を見せたことでイリアは腰を抜かした。

ヴィオレアにいたっては寝衣のままだったから、村中にふたりの（身体の）関係が深まったことが知れ渡ってしまった。

ヴィオレア捜索のために朝から奔走していたイリアは、目くじらを立ててアインシュヴェルを怒鳴りつけたものだ。

「私のお嬢さまがこんな得体の知れぬ男に……！　それに、毎日心を込めて梳《くしけず》ってさしあげた御《お》髪《ぐし》が……！　あなた、いったいどう責任をお取りになるつもりですか！」

イデアル公爵家に後継者はおらず、すでに有名無実化しているが、それでもヴィオレアは公爵令嬢だ。誠心誠意仕えてくれたイリアにしてみれば、嘆かわしい事態に違いない。

それにしても、本人を目の前になかなかの言いようである。アインシュヴェルは苦笑していた。

「責任を追及されるような悪いことはしてないし、髪を切ったのはヴィオレアの意思だ。それに、いくら侍女だっていっても、主人の恋愛に口出す権利はないだろ？」

「れっ、恋愛とおっしゃいますか!?　私どもがあなた方と遭遇してまだ二日足らずです！　どこに恋愛が入り込む余地が……!?」

「遭遇って。他に言いようはないのか」

「遭遇が悪ければ、不幸な出会いとでも言い換えましょうか!? いえ、王都に行かずにすんだのは不幸中の幸いでしたが、大事なお嬢さまがこんな山賊まがいの男の毒牙に……。ああ、旦那さまにも奥さまにも申し訳が立ちません！ どのようにお詫びをすれば。だいたい、もし間違いがあってお嬢さまがお子を――なんてことになったら、どうしてくださるのですか!!」

まくし立てられてタジタジとなるアインシュヴェルは見物ではあったが、イリアの怖いもの知らずさ加減にも感心してしまう。

「そんなヘマをするか」

「避妊に完璧などないのですよ――!!」

これは聞いているヴィオレアがいたたまれなかった。

「まあ、俺はデキても構わないけど。ヴィオレアがいやじゃないなら」

「冗談ではありません！ 右も左もわからないお嬢さまを、あなたが舌先三寸でだまくらかしたのではありませんかっ!?」

「おいおい、そこまであんたの『お嬢さま』を世間知らずみたいに言うなよ。ばあやか！」

最初はからかい口調だったアインシュヴェルも、イリアが本気で噛みついてくるので、とうとう辟易《へきえき》して音を上げた。

そんな侍女の嘆きの場に助け舟を出したのは、キースだ。

「まあ無事でよかったじゃないか。アインが女性を部屋に連れ込んだなんて、未だかつて聞いたことも見たこともないから、たぶん本気だろう。それほど嘆くほどのことでは」

「いいえっ！　お嬢さまは世が世ならもっと――」

「イリア！」

彼女が口をすべらせて余計なことを言い出しそうだったので、あわてて止めた。

イリアを納得させるためには、自分が弁解しなくてはならないようだ。男たちに任せておいたらかえってこじれる。

「本当に大丈夫だから。むしろ彼とは利害が一致しているほうだと思うわ」

「お嬢さま、利害で男性に近づいてはなりません……！　こんなの、格好の餌じゃないですかぁ」

全然納得させられず、火に油である。

結局、イリアを別室に連れていって、自分も彼に好意があるからと説得した。

ただ、アインシュヴェルと出会ってせいぜい二日。その間に彼との間にどんな感情が芽生えたのか、言葉で理解してもらうのは不可能だ。

自分でもまだ、自分の気持ちに名前をつけられていない。

「それに、彼はあの政変があった当時、従騎士だったと言っていたわ。同じ国の貴族同士だもの、そんな騒ぐほど問題があるとは」

「ですがお嬢さま、貴族と言ってもピンキリですし、盾持ちでしたらあの方のお家はそれほど高位ではありません。伯爵以上のご子息でしたら、盾持ちは免除されますもの。それに比べ、お嬢さまは旧王家の血を引く公爵家の姫君なのです。釣り合いが取れません」

「もうイデアル公爵なんて名前だけなのよ？　むしろ国王から逃げ出した今、完全に敵だわ。もしかしたらもう公爵家は取り潰しになってるかもしれないし、護るべきものはもうないと、イリアも言っていたじゃない」

「それは、そうですが……」

「うまく説明できないけれど、あの人は大丈夫。私を信じて」

ふわっとした説明しかできず、やっぱりイリアの目は不信感でいっぱいだった。


——そんな悶着《もんちゃく》の後で訪れたのは、王都からは馬車で半日ほどの街だ。

街道がいくつも通る宿場町で、商店だけではなく、旅商人たちのテントもあり、とても賑わっていた。

「あの村、意外と王都から近いんですね。バレてしまわないの……？」

朝一番に出発すれば、夜には王都に到着するほどの距離感だ。わりと目と鼻の先で、思わず肝が冷えた。

「間違っても場所が割れないように細心の注意を払ってるし、王城には間諜をたくさん潜入させてるから、情報操作もお手の物さ。その辺は、王都にいる元近衛騎士のおっさんが仕切ってくれてる」

「頼もしい仲間がたくさんいるんですね」

「そうだな……」

しかし、アインシュヴェルはなぜか砂色の瞳を曇らせる。後ろめたそうな表情が気になった。

だが、すぐに気を取り直したように片頬を上げて笑うと、ヴィオレアの背中を押してどんどん歩を進める。

今日は村から一番近いこの街で、布や香辛料といった、村での生産が難しい品物を買い出し、ついでに定期的に酒場など人の集まる場所に行って、最近の王都の様子や近隣諸国の情勢などの情報収集をするのだ。

しかし、ずっとイデアルの邸に軟禁されていたヴィオレアには、見るもの聞くものすべてが新鮮だった。まるで自慢にはならないが、買い物をしたことがないし、こんな多くの人が忙《せわ》しなく行き交う街を歩くこと自体が初めてなのだ。

あっちをきょろきょろ、こっちをきょろきょろと、同行する男たちとはぐれそうになっても好奇心には勝てず、商店やテントに並ぶ品物を観察する。

「ヴィオレア、迷子になるぞ」

「うん、わかってるけど……アインシュヴェル、あれは何？　こっちのは？」

目につくものを片っ端から質問攻めにしていたら、アインシュヴェルに頭をぽふぽふされた。

「ほんとに世間知らずのお嬢さまなんだな。デューン、ヴィオレアと市場を回ってるから、あとはおまえたちに任せた。夕方、カナッツ酒場で落ち合う」

「わかりましたが……あまり羽目を外しすぎないように」

お目付け役のデューンは眉根に皺を寄せていて、この事態をあまり快く思っていないようだ。

「ごめんなさい、私がはしゃぎすぎました。一緒に行きましょう」

「気にするな、ヴィオレア。市場巡りも立派な情報収集だ」

こうして二手に分かれ、少々申し訳なく思いながら市場を練り歩いた。

「あれは食べたことあるか？」

アインシュヴェルが指さした先では、鉄板の上で白くて丸いパンをたくさん並べて焼いている。

「パン？」

「中に薫製肉や刻んだ野菜が練り込んであるんだ。食べるときは、上から溶かしたチーズをたっぷりかけてな」

聞いているだけでお腹の虫が鳴り出す。ヴィオレアが顔を輝かせたものだから、彼がそれを買ってくれた。

注文を受けてからとろとろのチーズをかけて焼き、香ばしい匂いを漂わせるそれを紙にくるんで差し出されると、一気に気分が高揚した。

はふはふしながら、多くの人がやっているように並んで食べ歩き、珍しい食べ物や雑貨についてアインシュヴェルの講釈を聞く。

ヴィオレアは好奇心の赴くままに尋ねていたが、彼はどれも的確に答えてくれた。原産地から製法、流通ルートなど、多方面からの情報を教えてくれる。

圧倒的な知識の豊富さには、目を瞠るものがあった。

ふと通りかかった露店では、地面に広げた布の上にたくさんの美しい短剣を並べていた。そのうちのひとつに、ヴィオレアの視線が釘付けになる。

きれいな水色の宝石を柄に埋め込んだ短剣で、明らかに実用性より美しさを求めたものだ。

「この石、とってもきれいね」

しゃがみ込んでその短剣を指すと、露天商の主がにっこり笑った。

「お目が高いですね、お嬢さん。この石はマーゼルといって、はるか北方にそびえる険しい山脈で採れる希少価値の高いものですよ」

「そんな希少なもの、露店でひっそりと売っているもの……？」

すると、隣にしゃがんだアインシュヴェルがその短剣を手に取った。

「産地は北方山脈だけだがな、たくさん採れるんだ。今では市場にあふれてて、ベルフィアー周辺の国では珍しくもない」

「それが今はそうでもないんですよ、旦那。外国での需要が近年高まっていましてね、最近では原産国にあまり出回らなくなってきたんです」

店主に言われて、アインシュヴェルは片頬を歪めた。

「国内加工品以外は、外に出さないようにすればいいものを。原石を国外に安く流すなんて、あいつも甘いな」

「あいつって？」

「現在、ベルフィアーで一番権力を持っている方のことですよ、お嬢さん」

短剣をかざして石を眺めていたアインシュヴェルは、それを店主に差し出した。

「露店で売ってるわりにモノは悪くないな。これ、もらおうか」

「ありがとうございます。もしかしてお嬢さんではなく、奥さんでいらした？」

「ち、違います！」

思いっきり店主の問いかけを否定してから、自分たちの関係にはどんな言葉が当てはまるのだろうと考え込んでしまった。

夫婦でないのは明確だが、他人と言い切るのも……身体の関係を持ってしまったし……。

（こ、恋人……とか？）

アインシュヴェルがなんて言うのか知りたくて、ちらっと彼を見上げたが、その話題には乗ってこず、店主に銀貨を手渡した。

そして手に入れた短剣を、アインシュヴェルはヴィオレアの手に握らせる。

「あんたにやる」

「私にくれるんですか？」

初めて男性から贈られたものが短剣とは。

ヴィオレアはくすくす笑って、細やかな模様が彫り込まれた鞘を指でなぞる。

「護身用にはなるだろ。スカート姿で長剣ぶら下げて歩くわけにもいかないしな。それに、ヴィオレアには下手な宝飾品より、こっちのほうが似合う」

「ありがとうございます。肌身離さず持っておくわ」

自分でも思った以上にこの無骨な贈り物がうれしい。

大事に懐にしまい込み、彼を見上げて笑ったら頭を撫でられた。

こうして市場をひととおり見て回った後、待ち合わせ場所である酒場へ赴き、デューンたちと合流すると遅めの昼食をとった。

酒場では、情報通の旅人が店の中心を陣取り、最近の王都で見聞きしたことを得意げに語っている。

揃って食事をしながら、アインシュヴェルたちもその話に耳を傾けていた。

ヴィオレアもやや緊張しながらその話を聞いていたが、自分が逃げ出したことに関連する噂話は、その中にはなかった。

ヴィオレアが姿を消したことを、国王はどう考えているのだろう。

ザラストから見れば、ヴィオレアが逃げたのか襲撃に遭って連れ去られたのか、判断することはできないはずだ。行方を追っていることも十分に考えられる。

もっとも、ヴィオレアの嫁入りはおそらく極秘裏に進められていたはずだから、市井の商人が知っているわけがない。

ただこのところ、城詰めの騎士団が実戦さながらの訓練をしているという情報があった。男たちは何気ない会話をしながらも、しっかり耳をそばだてている。

ザラスト王は即位以来、周辺諸国に対して中立を貫いているから、どこかの国に加担して戦に出征したり、自ら攻め入る可能性は低い。

その集まった兵力がどこへ向かうのか、無関心ではいられなかった。

＊

それから半月ばかりが経過し、村にも馴染み、平穏な毎日を過ごしている。

ヴィオレアは約束どおり少年たちに剣を教えることに専念し、時折、茶々を入れに来るアインシュヴェルを追い返す日々だ。

村の剣豪たちは、本当に教えるのがヘタクソな男の集まりだったらしい。

基礎も基本の構えも、理屈ではなく「こういう感じ」と、完全に感覚でしか伝えていなかったのだ。

実戦で鍛えた実用的な技術なのかもしれないが、初心者に教えるのにはさっぱり適さず、少年たちは闇雲な体当たりを繰り返していたわけだ。

そこでヴィオレアが基礎の基礎をみっちり叩き込んだら、みるみる上達していった。

それに、少年たちはみんな素直に言うことを聞いてくれるので、教師としても教え甲斐があった。

公爵家にいたときは、稽古で身体を動かすことはあっても、こんなに多くの若者と一緒に汗を流すことなんてなかったから、毎日がとても充実している。

私生活の方では、アインシュヴェルと身体を重ねた翌日から、彼のひとり暮らしの小屋に寝泊まりするようになっていた。

最初の頃は、イリアがすごい目で彼をにらんでいたが、アインシュヴェル本人はどこ吹く風だ。

「ここにいる間は『お嬢さま』も『侍女』もなしだ。あんたはあんたの思ったとおりに動けばいいだろ、ヴィオレア」

あたかもヴィオレアが望んで彼の家へ来たかのような物言いをしていたが、有無を言わさず連れてきたのはアインシュヴェルだ。

「では、私はイリアのところに戻ろうと思いますが」

当初は、何度かこういう会話がなされた。

この村ではいつどこにいても人に囲まれてしまうので、なかなかイリアとふたりきりになる機会がないのだ。

最近はあまり話せていないから、とことん腹を割って話をしたい。ところが。

「俺も俺の好きなように動く。あんたはここにいろ」

とりあえず帰らせてはくれなかった。

とはいえ、ヴィオレアは彼のこういったやわらかな強引さが嫌いではないし、本気で抵抗すれば、アインシュヴェルは素直に帰らせてくれると思う。

結局、彼の傍にいることを選んだのはヴィオレア自身だった。

実際はまだ付き合いも浅く、彼の本質などさっぱり理解はしていない。

でも、アインシュヴェルの言動はヴィオレアの嫌悪や不審を掻き立てることがないから、たぶん心の方向性が似ているのだろう。

傍にいること自体、心地がよかった。


この夜も、部屋でふたりきりになった途端にアインシュヴェルが唇を求めてきて、戸口で立ったまま互いを貪り合った。

「アインシュヴェル……こんな、ところで……」

「人目のあるところだと、ヴィオレアがいやがるだろ」

腕の中に閉じ込められ、遠慮なしに口の中に入り込んできた舌に蹂躙《じゅうりん》され、外も中もアインシュヴェルに征服されていく。

彼の胸元をつかんですがりつきながら恐々と舌を絡め返せば、喰《く》われそうな勢いで吸われ、口中を荒らされた。

腰を強く抱かれ、頬や喉元に大きな手が這わされると、膝に力が入らなくなって、そのままアインシュヴェルに体重を預けてしまった。

「未だに自分が信じられない」

唇が離れると、ヴィオレアの身体を抱きかかえたアインシュヴェルは、ため息とともに吐き出した。

「何がですか……？」

「これまで、こんなふうに欲しいと思った女はひとりもいなかった」

彼は男ぶりもいいし、統率力もあって人望が厚い。村の女性陣からも人気がある。

そんな彼だから、女など選《よ》り取《ど》り見取《みど》りのはずだ。ヴィオレアとは、出会った翌日にはもう身体を重ねる関係になってしまったから、きっと手も早い。

絶対に物慣れているとしか思えなかったのだ。

でも、キースや村の女たちが、彼は軽薄な男ではないと口を揃えて言っていたから、それはそうなのだろう。

彼の砂色の瞳はいつだって真剣にヴィオレアをみつめる。その目の奥に嘘はなかった。

「今は女に感《かま》けているときじゃないし、これまで興味も湧かなかったんだ。でも、あんただけはどうしても無視できなかった」

彼の指先がヴィオレアの唇をなぞっていった。その体温を感じ取ると、身体の芯が熱で溶け出していく気がして……。

「私が国王に目をつけられているとしても、そう思ってくれますか……？」

「当然だろ。なんだろうな、あんたの顔を見てると、懐かしい気がして安心する――」

「ふふ、安心ですか？」

もう一度、ヴィオレアの頬に手を当てて唇をさらいながら、腰に回した手でお尻をさわさわと触れてくる。

「ん……」

キスでつながったままアインシュヴェルに抱き上げられ、そのままベッドにもつれ込んだ。

焦れったそうにヴィオレアから服を剥ぎ取ったアインシュヴェルだったが、ある物に目を留めて笑い出す。

「物騒な姫君もいたものだな」

彼の視線の先はヴィオレアの太腿だったが、靴下留めのベルト部分に短剣が仕込んであった。

もちろん、アインシュヴェルに買ってもらったものだ。

「護身用に持っていろと言ったのはアインシュヴェルだもの。こうすれば、肌身離さず身に着けていられると思ったから」

「……いいな、これ。そそられる」

靴下留めを外しながら、アインシュヴェルが太腿の内側に唇を寄せ、小さくキスをしながら短剣を外して枕元に置いた。

「でも、今はなくてもいいよな」

「うん……」

アインシュヴェルが隣にいることが、最大の護身だとヴィオレアは確信していた。

下着も全部脱がされ、一糸まとわぬ姿にされてしまうと、その上にのしかかりながら彼自身も服を脱いで熱い身体を重ねてきた。

たくましい腕に抱きしめられ、唇だけでなく顔まわりや首筋、胸、あらゆる部分にキスされる。

返すようにヴィオレアも彼の裸の背中を愛撫し、伸びかけの銀色の髪を手の中に握り込み、ぴたりとアインシュヴェルに密着した。

声もなく、ふたりの乱れた呼吸音だけが狭く暗い室内に響き渡った。早く相手にのめり込みたくて、周囲のものが目に入らなくなっていく。

アインシュヴェルに教えられるまで知らなかった快感は、とても秘めやかで魅惑的で、背徳感があって癖になる――。

でも、触れられるたびにあふれるほど濡れてしまうから、恥ずかしくて目が開けられない。

物欲しそうに蜜をこぼして腰を揺らしている自分が、本能に身を委ねる獣みたいで恥ずかしかった。

「ふあ、ぁ……っ、あぁっ！　アイン、シュヴェル……っ」

「ヴィオレアのここ、すごく熱いな。そんなに気持ちいいか？」

「は、ぁあっ――はい……気持ち、いい……っ！」

だが、一瞬の間を置いて、これまでとは異なる快感が走った。

熱いものに花蕾が覆われていて、とてつもなく淫猥な音に耳が犯される。まさかと思って顔を覆い隠していた手を外すと、自分の陰部に顔を埋めている銀髪が……。

指でたくさんとろかされた部分に唾液をなすりつけ、隆起した蕾を唇で食み、舌先で転がしているのだ。

「いやっ、見ちゃやだ……っ、やめ……ぇッ」

一瞬、快感も忘れて悲鳴を上げた。いくら水浴びをした後とはいえ……。

これまでにも何度か同じことをされているが、どうしても慣れない。

ヴィオレアの脚をしっかり手で固定して目の前に割れ目を広げ、まるで蜜を吸う蜜蜂みたいにちゅくちゅくと音を立てて啜《すす》り上《あ》げるのだ。

「っ――あっ!!」

言葉にならない法悦感を無理やり流し込まれ、アインシュヴェルの髪をつかんだまま果てていた。

ふわっと身体が浮かび上がる感覚に包まれて、じんわりと、でも爆発的な絶頂感が広がって芯から熱くなる。その感覚を身体が悦んでいる。

嵐のような感覚がすこしずつ薄れていくと、ヴィオレアは荒々しい呼吸で茫然と天井を見上げる。

長い時間、その快感を味わっていた気もするし、あっという間に過ぎ去ってしまった気もする。

（でも、すごく――）

ぼんやりと混乱を同時に味わっていた彼女の上に、身体を起こしたアインシュヴェルがのしかかってきた。

「俺に感じて、ヴィオレアがこんなに濡れてると思うと……」

じんじんと熱を持つ秘部に、アインシュヴェルの棘の先端が押し当てられる。

早くそれを挿れてほしいなんて、口にできない。でも、愛液が際限なくとぷとぷこぼれてくる。

浅い場所をくすぐっている彼の先端は、すっかり濡れ切っているだろう。

「挿れていいか？」

唇を結んで何度もこくこくとうなずくと、狙い定めた楔が一気に初心な狭隘を貫き、欲に満ちた肉でいっぱいになってしまった。

「ぁ――――ッ！」

思わず息を呑み、焼けただれた肉塊を身体の内側に感じて喉を詰めた。

何度もこうしているから、肉体同士でつながり合うことにも慣れた。

でもやっぱり、アインシュヴェルが奥へ入ってくると内側がざわざわして、平常心を保っていられなくなる。

「熱い……」

ぶるっと肩を震わせたアインシュヴェルがつぶやき、奥深くまで自身を埋めると、ヴィオレアの背中を抱いて身体を起こさせた。

アインシュヴェルの膝の上に、貫かれたまま跨っている。

彼の銀髪をわずかに見下ろす格好になってうろたえたが、硬くなっていた乳首を口に含まれたら、咥え込んだ楔をぎゅっと締めつけていた。

「この姿勢、いいな」

ヴィオレアの胸から口を離したアインシュヴェルが、彼女を見上げてニコッと笑う。

「痛くないか？」

「……大丈夫、だけど、こんな格好……」

「抱き合えるし、この甘そうなところに吸いつき放題だし、キスも……」

後頭部に手を添えられ、そのまま唇を絡め合う。重なる唇からこぼれる水音にいたたまれなくなって、きつく目を閉じていた。

異性に身体中を好きにされているのに、恥じらう気持ちはあまりない。むしろ、もっと気持ちよくなりたいと思う。

「ん、ぅ……っ」

貪り食うようなキスで頭がいっぱいになるが、下腹部をずんずんと突き上げられる快感に、重なる唇の端から嬌声があふれる。

「自分で動けるか？」

「う、ん……」

おずおずと、でもこくんとうなずいてヴィオレアは彼のたくましい肩に手を置いた。

そして、震える膝で身体を支えると、ゆっくり腰を沈め、小さく自分で揺らしはじめた。

恥ずかしくても、止まらなかった。

「は――ぁっ、ふぁああ……」

ヴィオレアがお尻を上下に浮き沈みさせるたびに、重なり合った繁みの奥で結ばれている媚肉が見え隠れする。

あふれた蜜でぬらぬらと濡れ光っている様も。

たちまち、目の覚めるような刺激が全身に広がって嬌声を上げていた。

「あぁ、好き……っ！　あ、あっ」

彼の肌の匂いを感じながら目を閉じ、されるがまま、したいがままに乱れ動く。

やがて、唇から理性の失われた嬌声が上がりはじめると、アインシュヴェルは彼女の身体を仰向けに倒して、本格的に上から征服を再開した。

強い快感がやってきたと思ったら、またたく間に全身に広がって、身体から重さが失われていく。

その後もさんざん彼の身体の下で啼《な》かされて、疲労困憊《ひろうこんぱい》になるまで抱き尽くされた。

——時間の感覚があいまいになった頃、ようやく彼の間断ない責めから解放され、アインシュヴェルの胸にすがりついたまま荒い呼吸をして目を閉じていた。

「——そういえば私、心当たりがあるんです」

息を弾ませて言うと、アインシュヴェルが腕枕をしてくれて、裸の腰を彼のほうへ引き寄せた。

「心当たり？」

「はい。ザラストを討伐したあと、王座に就く人物がいないと言っていましたよね。その心当たりです」

「へえ、拝聴しようか」

アインシュヴェルに髪を梳かれ、ヴィオレアはくすぐったく甘えるように彼の胸に顔を埋める。

「名はたしか、トゥルージャさまだったと思います。ザラストの簒奪が起きるより前にベルフィアーを出奔なさっているので、あまり存在は公になっていない方ですが」

かくいう自分も、イリアにその名を出されるまでは完全に失念していたわけだが。

「……トゥルージャは妾腹《しょうふく》の王子だ。あんたはどこでその名を？」

「私の兄が、王城に行った際に剣の稽古をつけてもらったことがあると、母から聞いたんです。すごく昔のことですけど。アインシュヴェルも知っていたんですね。今、どこにいらっしゃるかはわかりませんが、王国の状況を知って、もしかしたら……と思ったんですけど、どうでしょう」

夢見心地で昔話をしたら、アインシュヴェルが身を起こしかけた。

「おいおい、いくら妾腹とはいえトゥルージャは王子だぞ。あんたの兄、どんだけ大物だよ」

忘れていたが、自分はメルシ男爵の娘という設定なのだ。その兄が王城で剣の稽古をしたなんて、確かに不自然だった。

口をすべらせてしまったことに気づき、ヴィオレアは目を開けて言い訳した。

「大物とかじゃないですよ。アークス兄さまは剣の稽古が嫌いで読書ばっかりしていたから、お城に行ったときに、たまたまトゥルージャさまが尻を叩いてくださったんですよ。彼なら先王の血を引いているから、反国王派の旗印になると思ったんですが……」

それを聞くアインシュヴェルは、驚いたような、なんとも言えない表情でヴィオレアをみつめていたが、ふっと息を吐き出してふたたび横になった。

「……トゥルージャ王子は、無理だ」

「会ったんですか？」

「いや……」

彼の砂色の瞳がまるで悔やむように天井を見上げ、やがてぎゅっと閉じられた。

まるで、もうトゥルージャ王子はこの世に存在しない――そんな雰囲気だった。

「そうですか……残念ですね」

仰向けになったアインシュヴェルは、それきり難しい顔で黙り込んだ。

すっかり口を閉ざして静かになってしまったので、彼に身を寄せて目をつむってみたら、すこし早い心臓の鼓動が聞こえてくる。

それを子守唄代わりに聞いていているうちに、あたたかな眠りに落ちていった。

＊

ふと腕にかかるヴィオレアの重みが増した。眠ったのだろう。

アインシュヴェルは目を開けると、腕から彼女の頭を外してそっと枕に下ろし、その愛くるしい寝顔をじっとみつめる。

さっきから心臓がいやな鼓動を刻んでいる。眠っているふりをしたが、動揺が収まらずに睡魔など彼に近寄ってもこなかった。

（アークス兄さま……トゥルージャに剣の稽古をつけてもらった、ヴィオレアの兄……）

最初にヴィオレアを見たときからどことなく親しみを感じていたのだが、それは彼女の令嬢らしからぬ破天荒な言動に興味を持ったせいだと思っていた。

たしかにそれも理由のひとつではあろうが、こうして彼女をまじまじ観察すると、はっきり亡き親友《クス》の面影があるのが見て取れる。

アークスの髪はヴィオレアのようなあざやかな赤毛ではなかったが、赤茶色で、色味はたしかに似ていた。榛色の瞳はそっくり同じ。

彼女に親しみや懐かしさを感じたのは、親友の顔と重なるからだったのだ。

ヴィオレアが『メルシ男爵令嬢』と名乗っていたのは嘘だった。

むろん、それを咎《とが》めるつもりはないし、自分がヴィオレアの立場だったら、いきなり襲撃してきた得体の知れない男たちに対し、間違っても「公爵令嬢である」なんて白状するわけがない。

なんなら貴族であることすら言いたくなかっただろうが、王国騎士団を率いた馬車に平民が乗ることなんてありえないから、男爵令嬢というところで妥協したのだろう。

メルシ男爵は実在する人物だから、おそらく侍女のほうが男爵家の娘だ。

そうと悟った途端、たちまち自責の念に押し潰されそうになり、毛布から這い出してヴィオレアに背を向けた。

まともに彼女の顔を見られなくなってしまったのだ。

下衣を身に着けてベッドの端に腰を下ろしたら、自然と深いため息が出る。

まさかヴィオレアが、自分の身代わりに死んだアークスの妹だったとは……。

(あの日、俺がアークスを残して城を抜け出したりしなければ、ヴィオレアは兄を喪うことはなかった……)

目は覚めていたが、心があの日の悪夢に呼び戻される。たびたびアインシュヴェルの夢を侵食する、終わりのない後悔。

あれは、ザラストの叛逆が起きた日のことだった。

アインシュヴェル――王城にいた頃はフリードという名だった――は、読書の時間に割り当てられていた退屈な日課を放り出し、護衛のデューンを伴って王都の街へと繰り出していた。

情勢を確認するためだなんて言い訳をして、読書から逃れてぶらぶらと街歩きを楽しむために。

フリード王子と、イデアル公爵家の嫡男アークスは同年だ。お互い性格は真逆だったのに気が合い、共に学び、ときには互いの苦手を補完し合う仲だった。

次期国王の座には、賢い兄王子が就く。自分は兄の片腕となる王国騎士団長だ。その未来では、アークスは自分の参謀として仕えるはずだった。

幼い頃の自分が描いていた未来図。

でも、それはあっけなく踏み潰され、永遠に叶わぬ夢となってしまった――。

(あの日、俺がアークスに身代わりを頼まなければ、『フリード王子』としてアークスが殺されることはなかった……)

街にいるとき、王城の一角から煙が上がって異変を知った。

大急ぎで戻ろうとしたが、状況がわかるまでは渦中に飛び込むわけにはいかないと、護衛騎士のデューンが城に戻ることを許さなかったのだ。

父王のことは子供心に暗愚の王と罵っていたから、その身の安否など彼の頭に思い浮かびもしなかった。だが、残してきたアークスをはじめ、母や兄、妹も城にいる。

街の片隅から遠くに上がる煙をみつめながら、狂おしいほどに愛する人々の無事を願った。

状況が落ち着いたら真っ先に戻るつもりで、時が移るのをもどかしく待った。

でも、フリード王子が城に戻ることは、二度と叶わなかったのだ――。

「ああ……」

広い背中を丸め、アインシュヴェルは頭を抱えた。

何年経っても、この後悔から逃れられない。昨日のことのように、まざまざと瞼にあのときの光景がよみがえり、鼓動は絶望を刻む。

そしてヴィオレアには、彼女の兄が殺されたのは自分のせいだと――そう告げなくてはならない。

手を下したのはザラストだが、アークスを自室に置き去りになんてせずに、自分に与えられた役割をきちんと自分で果たしていれば――。

この八年、何度も何度も繰り返した悔恨。

ヴィオレアは、イデアル公爵の娘であることを自分に伝えていないから、アインシュヴェルの口からアークスの死について言い出す必要はないかもしれない。

だがこの先、彼女の顔を見るたびに、在りし日の友人の面影がちらつき、いやでも自らの犯した罪を自覚させるだろう。

そして、自分の正体とアークスの辿った運命をヴィオレアに隠しとおすのは、親友と恋人への手ひどい裏切りに他ならない。

アインシュヴェルは立ち上がると、上着をつかんで自分の部屋を後にする。

振り返ってヴィオレアの顔を見る勇気はなかった。

小屋を出ると、逃げるようにいつもの崖に上がる。まだ星の瞬く時間で、空気は澄んでいるから、胸中で淀《よど》んでいる感情を吐き出すにはちょうどよかった。

だが、胸の内だけではなく、頭の中もぐちゃぐちゃに乱れている。

この村を統率する人間として、懊悩《おうのう》する姿を他人に見せるわけにはいかないが、本来のアインシュヴェルはいつだって後悔に縛られていて、自分のことであればあるほど後ろ向きなのだ。

王国を簒奪したザラストを憎みつつも、自身の手で国を奪い返すというところまでの決意はない。

身代わりに死なせてしまったアークスの弔い合戦は切望していたが、自分自身が国王の座に就くことは一切考えなかった。いや、考えられなかった。

(俺は、自分の責任を放棄したばかりに、親友を亡くした。そんな男が、どの面下げて王国を奪取しようというのか……)

ザラストを打倒した後の王国の切り盛りに関して、明確な未来図が描けなかった。

現状、各所に間諜を入れて抵抗勢力を確実に育ててはいるのだが、王権奪取の実行を命じることはできないのだ。

そして、そんな今の状況や立場を考えれば、恋だの愛だのに感けている場合ではない。そもそもあれから八年の間、気持ちは恋愛方面には一切向かなかったし、興味もなかった。

そんな日々の中で出会ったのがヴィオレアだ。

ダルドに狙いを定めていた顔つき、剣を構える姿を見た瞬間、彼女は確実にあの掟破りの厄介者を屠《ほふ》るだろうと確信していた。

アインシュヴェルとしても、彼を厄介払いの対象とみなしていたものの、もし外部の人間が身内《ダルド》に手をかけたら、自分たちはあの娘に報復しなくてはならなくなる。

だから止めた。

だが、不覚にも、あの凛《りん》とした姿に心を奪われていた。

村に連れてきてからも、ヴィオレアは慣れない村での暮らしに懸命に順応しようと奮闘し、まんまと自分の居場所を勝ち取った。

ためらいなく髪を切ってしまった潔さも、人から恐れられがちな自分に真っ向から立ち向かってくる度胸のよさも、アインシュヴェルの腕の中にいるときの甘い表情も、すべてが愛おしい。

一挙手一投足を目で追ってしまうし、近くにいなくても目が彼女を探してしまう。

すくなくともこの八年で、異性にある種の感情を抱くのは初めての経験だと思う。

ヴィオレアは、きっとアインシュヴェルを愛してくれているだろう。

自分だって同じ気持ちだと、ついさっきまで信じて疑っていなかった。

でも、その理由はわかった。そうとは気づかないままに、ヴィオレアの中にアークスの面影を追っていたのだ。

イデアル公爵令嬢を、親友の妹を、この手で穢《けが》してしまった――。

ヴィオレアが真実に出会ったとき、彼女は果たしてどんな顔をするだろうか。

兄の仇と自分を蔑むだろうか。いや、憎まれるのはまだいい。でも彼女は兄を亡くしたことで傷ついただろうし、たくさん泣いただろう。

その悲しみは、間接的にアインシュヴェルが与えたもの。

親友の命を奪っただけではなく、恋人にも永遠に癒えることのない心の傷をつけてしまったのだ。

木の根に座り込み、幹に背中を預けて目を閉じる。

「ああ……」

自分の中に抱えきれないたくさんの思いが、ため息になって出ていったそのとき。

――風に乗って、女性の叫び声が聞こえてきた。

飛び起きて崖の上から目を凝らすと、村の入り口付近の家が燃えているのが見えた。

暗がりで隠れてしまっているが、闇の中で蠢くいくつかの人影、それに応戦する村の男の姿。

夜風に時折、剣戟《けんげき》の音が混じった。

「襲撃か!?」

アインシュヴェルは、苦悩する青年から、一瞬で眼光鋭い指揮官に様変わりした。

村への入り口に一番近い場所にあるのが自分の住まいだ。火の手が上がっている建物に近い。

そこにヴィオレアをひとり残してきた……。

「ヴィオレアッ！」

いつもは山の斜面を登ってこの崖までやってくるが、遠回りする気持ちの余裕はない。

アインシュヴェルは急な崖に身を躍らせ、混乱する村に向かって駆け出していた。

＊

目が覚めたらいつもはあたたかな腕の中にいるはずなのに、ヴィオレアの隣には誰もいなかった。

身体を起こすと、昨晩彼と身体を重ねたままの裸だ。

アインシュヴェルが寝ていたはずの場所にぬくもりは残されていないから、彼がベッドを抜け出してからそれなりの時間が経っているようだ。

「アインシュヴェル……？」

薄物を羽織ってベッドから下りると、カーテンを開ける。まだ外は真っ暗で、朝まではしばらくかかりそうだ。

それだというのに、室内には彼の上着も剣も残されていない。どうやら小屋を出ていったらしい。

こんなこと、今までに一度もなかった。

多少の違和感は覚えるが、だんだん夏が深まって寝苦しくなってきているから、水浴びでもしに行ったのかもしれない。

今晩も、彼と溶け合うほどに身体を重ねたので、まだ奥底に熱が燻っている。水浴びなら一緒にしたいと思い、脱がされた服を拾い上げて身に着けた。

もちろん、スカートの中に短剣を仕込むのも忘れない。ちょっと大げさだと思わなくもないが、初めてを捧《ささ》げた人にもらった大事なものだから、ずっと持っていたかった。

(だから女性はアクセサリーをもらうとうれしいのね)

髪留めや首飾り、指輪なら堂々と身に着けていられる。好きな人からもらったものなら、なおさらだろう。

でも、この村にいると宝石で身を飾り立てる意味を感じない。元々、ヴィオレアは社交界とは縁遠いところにいたので、余計にそう思うのだろう。

宝石の力で輝かしく飾り立てるよりも、自分の力でできることを全力でこなしたほうが、どれほど満たされることか。

邸で漫然と過ごしていたときより、今のほうがはるかに充実している。

かんたんに身支度をすませて、アインシュヴェルの小さな根城を出ると、ホゥホゥと梟《ふくろう》が鳴いている声が聞こえてきて、夜の深さを教えてくれる。

「アインシュヴェルってほんと、いっつも深夜に活動してるのね」

真夜中によく出会った川へと歩きはじめたときだった。ふと、砂利を踏みしめる音を耳が捉えた。

こんな深夜に出歩いているのは、見張りかアインシュヴェルくらいのものだろう。

最初は彼が戻ってきたのだと思い、きょろきょろ周囲を見回してアインシュヴェルを探したが、人の姿はない。

ただ、夜の静まり返った空気の中に、緊張の糸が張り巡らされているのを感じ取って、思わず身構えた。

まるで、暗がりで息をひそめた何かに、標的として狙い定められている気分がしたのだ。

（なに……？）

異変を察知したヴィオレアは、武器を取りに戻ろうとアインシュヴェルの小屋へ引き返しかけたが、小屋の前に現れた鎧姿の男たちを見つけて足を止めた。彼らは騎士団の鎧を身に着けているのだ。

後退しようにも、すでにヴィオレアは取り囲まれていた。

「イデアル公爵令嬢ヴィオレアどのですな。お助けに参りました」

男の声に、心臓がびくっと跳ね上がった。どうして正体がバレたのか、どうやってこの場所を嗅ぎ当てられたのか。目まぐるしく疑問が頭の中を巡る。

「さあ、国王陛下が大変心配されていますよ」

口ではそう言いつつも、彼らはヴィオレアを保護しに来たわけではなさそうだ。騎士は兜《かぶと》で顔を隠しているので、不気味さが先に立った。

保護が目的なら、抜き身の剣を持って彼女を取り囲むことはないはずだから。

案の定、騎士たちはじりじりとヴィオレアを包囲して近づいてくる。

得物があれば応戦するところだが、この状況でスカートを捲り上げて短剣を構えても意味はない。そうでなくとも相手は長剣を持ち、飛び道具まで手にしている。

（逃げ場はなし……）

ここで彼女が逃げ出し、誰かに助けを求めたら、その人が傷つけられてしまう。

でも、国王の配下なら、ヴィオレアを傷つけたりはしないだろう。

ヴィオレアは背筋を伸ばしてまっすぐ立つと、隊長格と思われる騎士に向き直った。

「――村の人には手を出さないで。約束してくれるなら、おとなしく同行します」

「賢明なご判断、感謝いたします。任務完遂だ、撤退の命令を」

彼はそう部下に命じると剣を鞘に収め、兜を脱いでこちらに近づいてくる。

「ご同行願います。公爵令嬢」

ヴィオレアは騎士の顔をまじまじとみつめる。どこかで見たことのある顔だったのだ。

それも、そう遠い昔ではない。領地の邸に軟禁されて育ったヴィオレアに、この村の住人以外に若い男の知り合いはいないのだから。

記憶を隅々までひっくり返してその顔を探し、ようやく答えを見つけ出した。

「……あなた、露天商の」

半月ほど前、村の男たちと一緒に街へ出かけたとき、この男の露店でアインシュヴェルに短剣を買ってもらった。

あそこで足がついたのだろう。

「覚えていてくださって光栄です、イデアル公爵令嬢。わたくしは王国騎士のアルトゥス。短い間ですがお見知りおきを。では、参りましょうか」

拘束こそされなかったが、ヴィオレアの一歩後ろに立ったアルトゥスには隙がなく、アインシュヴェルの許へ駆け出すことは叶わなかった。

＊

「くそ……っ」

剝き出しの岩壁を殴りつけ、アインシュヴェルは傷ついた拳を固く握りしめた。

夜明け前の襲撃で幾人かの怪我人は出たものの、幸い死者はなかった。

ただ、火を放たれて焼け落ちた家屋が複数出た。

軽微な被害ですんだのは、キースをはじめとした実働隊たちが避難の指示を飛ばしつつ、素早く応戦してくれたからだが、敵方にも、村を殲滅《せんめつ》させるつもりがなかったのだろう。

ヴィオレアの身柄を確保するのが目的だったのだ。

アインシュヴェルも剣戟の鳴り響く中、遭遇した騎士たちと切り結んで文字通り血路を開いたが、家に辿りついたときには、とうにヴィオレアの姿はどこにもなくなっていた。

「俺が傍にいれば……！」

いつもどおり彼女の隣で眠っていればヴィオレアを守ってやれたし、無様な混戦に突入することもなかっただろう。

ここは山中にある洞窟内で、いざというときのために用意してあった避難場所だ。

命が助かったとはいえ、生活の拠点を失った村人たちの間にも沈痛な空気が漂っていた。

数少ないランプの明かりだけが光源なので、人々の沈黙に拍車がかかった。ひんやりとした薄暗い中で、広い洞窟内はしんと静まり返っている。

この状況でひとり憤りを隠さないのがイリアだ。

襲撃を知って、ヴィオレアを探しに行こうとしていたのをルノたちに止められ、なだめすかされ、息も切れ切れにここへ辿りついた。

しかし、ヴィオレアの姿はなかった。

アインシュヴェルと一緒にここへ来るだろうと一縷《いちる》の望みに賭けていたのに、昼になってようやく現れた彼の隣に、ヴィオレアはいない。

男たちの間に割り込んできたイリアが、アインシュヴェルを見つけるなり詰め寄ってきたのも無理はなかった。

「連れ去られた!?　一緒にいたのではないのですか！　どうしてお嬢さまをひとりにしておいたの

ですか！　あなたはたしか、自分の隣が一番安全だと豪語していらっしゃいましたよね!?」

イリアからの矢継ぎ早の言葉に何も返すことができず、アインシュヴェルはうなだれ、ゴツゴツした壁に額を押し付けた。

イリアに責められるまでもなく、彼は自分の浅はかさを呪いながらここへ辿りついたのだ。

「それはアイン自身もよくわかっている。そう責め立ててもどうにもならない」

「ですが……っ」

キースに肩を引かれたイリアは、着けたままの前掛けをぎゅうっと握りしめる。

すると、今度はデューンが乱れた空気を落ち着かせるように物静かな声で言った。

「今は感情で物を言うより、冷静に事態を解析したほうがいい。怒りでまともな議論ができるわけがないからな」

イリアにしてみれば議論どころではないのかもしれないが、喚《わめ》いていてもヴィオレアを取り返せるわけではないのも事実だ。

不承不承ではあろうが、唇を噛むだけに留《とど》めた。

場の空気の刺々しさがすこし落ち着きを見せたところで、男たちは膝を突き合わせ、自分たちの見聞きしたこと、被害のほどを共有しはじめる。

「おそらく、村の場所はずいぶん前には捕捉されていたんだろう。かなり周到に準備をしてきたようだ」

キースが口火を切ると、男たちは次々に自分の知っている情報を出していく。

「敵の目的は簡潔だな、ヴィオレア嬢の身柄を確保することだろ？」

「この山奥には大人数の軍勢を派遣できない。最小限の人員で速やかに目的を達して離脱する。おかげでこちらもしてやられた」

「紋章はつけていなかったが、あの鎧の型は国王騎士団の旧式鎧と一致している。ザラストの指示とみて間違いない」

「しかし、一男爵の娘になぜザラストが固執する？　イリア、あなた方は何のために王都へ行く途中だったんだ？」

デューンがそう疑問を口にした瞬間、男たちの視線がイリアの上に集中した。

「お嬢さまが、目的だった……」

そのまましばらく重たい沈黙を貫いていたイリアだったが、キースに肩を抱かれて顔を伏せた。

「イリア、わけを話してくれないか？」

キースの言葉に迷いを見せていたイリアだが、やがて肩を落とすとぽつぽつと話し出した。

「お嬢さまは……ヴィオレアさまは、イデアル公爵家のご長女であられます」

それを聞いて即座に反応したのは、デューンほか数人だけだった。他の面々は、イデアル公爵と言われてもとっさに思い当たらないのだろう。

イデアル公爵家の当主が亡くなってから八年が経っており、その間、夫人と娘はずっと領地で軟禁生活を送っていた。

長年、表舞台に出ることのなかった貴族を、平民も交じるこの村の人間が記憶しているはずがないのだ。

しかし、デューンは息を呑んで、不安げにアインシュヴェルをみつめている。

彼の主人《アインシュヴェル》が、イデアル公爵家の嫡男を身代わりで死なせたことに対し、後悔ではすまされないほどの深い悔恨を抱いているのを、よく知っているからだ。

ずっと以前から、アインシュヴェルと共に行動してきた男だから。

そして当のアインシュヴェル自身は、イリアの告白を聞いても表情ひとつ変えなかった。いや、まったく変わらないわけではなく、暗く沈んだ表情にさらなる沈痛を重ねた。

彼はその真実に、すでに至っていたのだから。

「でもよ、その公爵令嬢がなんで人質に？」

アインシュヴェルの取り巻き三人衆の中で、もっとも能天気なウェイクが大きな身体で小さく首を傾げる。

「お嬢さまは、現在のベルフィアー国内で唯一、先の王家の血を引かれる方です」

「は――!?　先王の血縁だったのか!?　アイン、知ってたのか？」

ウェイクの驚きは洞窟中に響き、奥で怪我人や子供の世話をしていた女性たちも手を止め、こちらに視線を集中させた。

彼は答えずに、睫毛をわずかに伏せる。

「ウェイク、いちいち茶々を入れるな。最後まで黙って聞いてろ」

キースに咎められて、ウェイクは隆々と筋肉の乗った肩をすくめた。

「探せば他にも血縁者はいらっしゃるでしょうが、妙齢の女性はヴィオレアさまただひとり。ザラスト王はヴィオレアさまに己の跡継ぎを産ませ、自らの基盤を固めようと考えたようです。ザラストに嫁入りするために、お嬢さまは王都へ向かう途中でした……」

「へえ……知らずにザラストの花嫁を強奪したってことだったんだな、アイン！」

懲りずにウェイクが茶化《ちゃか》してアインシュヴェルの背中を叩いたが、彼はじろりと横目でにらんだだけだった。

「しかし、ザラストが王位を簒奪してからもう八年が経つ。今さら、自分の基盤を固める必要などないように思えるが……」

キースもすっかり困惑顔で、イリアとアインシュヴェルの顔を見比べている。

「ザラストは王位を手に入れたときから、お嬢さまを妻にと考えていたはず。今までそれがなかったのは、簒奪が起きた当時、ヴィオレアさまは十歳のほんの子供だったからです。さすがにベルフィアーで年端もいかない子供を『妻』に据えたら、各所で非難を浴びていたことでしょう。当時はまだ、ザラストの立場も危うく、余計な火種を撒《ま》きたくはなかったはずです。でも、そのお嬢さまも十八。嫁入りするには最適な年齢になったのです——」

ヴィオレアがこの村で身分を偽っていたことについては、誰も何も言わなかった。言えるはずがないと、誰もが事情を汲んだのだろう。

「ってことはなにか？　ヴィオレア嬢は、あの初老の男の毒牙にかかるってことぉ……」

ウェイクがうっかりこぼすと、アインシュヴェルは鞘に収めたままの剣を壁に叩きつけた。

「させるか――！」

鋭い声には怒りがこもっていたが、アインシュヴェルの暗く落ちくぼんだその眼《め》には、声ほどに力はなかった。

ヴィオレアを救出することは、アインシュヴェルの中では決定事項だが、その後のことを思うと、どうしても勢いが衰えてしまう。

しかし、最初は同情的な表情を見せていたデューンが、懊悩するアインシュヴェルに思いっきり冷や水を浴びせかけた。

「今の状況では、王都に救出の兵を差し向けることはできない。ヴィオレア嬢には申し訳ないが」

「おいっ、デューン……」

「ウェイク黙ってろ、俺はアインに言っている。アイン、何しろ我らは烏合の衆。いったい誰が指揮を執るんだ？　誰を旗印に戦う？　ヴィオレア嬢のために？　危険を冒して王都に潜伏している仲間がそれで納得すると思うか？」

「………」

こんな迷いを抱えたアインシュヴェルが、ザラストを打倒できるはずがない。

だが、デューンはとうとうアインシュヴェルの上着の胸元をつかみ上げ、岩壁に彼を押しつけた。

「いい加減腹を決めろ、アインシュヴェル。ザラストを打倒した後に！　この国がふたたび戦乱に陥ったら意味がなくなるんだ！　おまえにしか兵を糾合することはできない。みんな、おまえが腹を括《くく》るのを今か今かと待っている。わかってるだろ、フリード・ウィン・アインシュヴェル・ベルフィアー！」

その叫びだけが殷々《いんいん》と洞窟内に響き渡り、やがて残響が消えゆくと、その場の空気は氷のように冷たくなった。

「……ベルフィアー？」

女たちの中からそんな声が上がり、その小さなつぶやきがどんどん大きなどよめきへと変わっていく。

そして、アインシュヴェルの目の前に立ち尽くすイリアは、それこそ目玉がこぼれ落ちそうなほどに大きく目を開き、彼を凝視していた。

「フリード――第二王子殿下？　お亡くなりになったのでは……なくて……」

イリアの驚愕《きょうがく》を汲み、デューンが重々しくうなずく。

「死んだものとザラストが認定してくれたが、あの日、たまたまフリード王子は王城の外にいて難を逃れていた。私もそれに同行していた」

八年前のあの日、街にいたフリードと護衛騎士のデューンは、王城が陥落するのを外から見守ることしかできずにいたが、再起を図るためにこの場所に潜伏した。

「それでしたら……もしアインシュヴェル……フリード殿下がザラストから王座を奪い返してくださったら、お嬢さまがあの男に嫁ぐ必要はなくなるんですね……!?」

イリアが顔を輝かせるのとは対照的に、アインシュヴェルの表情は暗くなる。

フリードという幼名を捨てたアインシュヴェルは、当初、多くの人の仇討ちのため、数年かけて仲間を増やし、確実にザラストを追い詰められるほどの手勢を王都や王城に潜り込ませてきた。

でも、成長とともに自分が生き残った意味を考えるようになっていったのだ。

この命は、親友アークスを犠牲にして得たもの。

本当なら、生きていたのは自分ではなくあの聡明な友人だったはずなのに。

「俺の落ち度で親友を……ヴィオレアの兄を死なせてしまった。アークスは俺の身代わりで死んだ。俺は、王権再奪取の陣頭指揮など執れる立場にない……王位を手にすることはできない」

彼の悔恨のつぶやきに、イリアは眉根を寄せた。

「では、お嬢さまは見殺しですか?」

「ヴィオレアは、俺が単独で乗り込んででも必ず助ける。それとこれとは話が別だ」

「いいえ、一緒です」

イリアは小さな手をぎゅっと握って、アインシュヴェルの胸にそれを突きつけた。

「もしあなたが単独でお嬢さまの奪回に成功したとしても、ザラストが生きている限り、お嬢さまは永遠に狙われることになります。ずっと逃げ隠れする生活を、あなたはお嬢さまに強いるのですか？　逃亡者の恋人なんて最悪です！　それとも、ザラストが寿命を迎えるのを待つとでも？」

「………」

「私だって詳しいことは何も知りません。ですが、このままむざむざザラストにお嬢さまを奪われたままなら、アークスさまは永遠にあなたを許さないでしょう。だったら男らしく兵を率いて簒奪者を追い出し、アークスさまの墓前で詫びたらいかがですか。その上でお嬢さまに『英雄の花嫁にしてやる』くらいのこと、言ってほしいものですね！　俺様のくせに、変なところで繊細ぶらないでください！」

イリアの叱咤《しった》に、ようやくアインシュヴェルの鬱屈した表情に変化が起きた。

ただ、激励されたというより、開いた口がふさがらないという気持ちだ。

「アークスさまが亡くなったことに責任をお感じになっているのであれば、生きておられるヴィオレアさまに弁明なさったらどうですか？　その上で、もしうちのお嬢さまが許さないとでも言ったなら、そのときは私が手打ちにして差し上げますから、どうぞご心配なく！」

イリアはそう言って、アインシュヴェルの腰から剣を引き抜く。いつか、酔ったヴィオレアがそうしたように。

そして、周囲で見ていた男たちが動揺しているのを尻目に、まっすぐそれを彼の顔の前に突きつける――が、両手で持ってさえも剣の重さに耐え切れず、彼の足許に切っ先を落としてしまった。

鈍く硬質な音が洞窟内に響き渡る。

「あっぶね……！」

アインシュヴェルはあわてて剣をよけたが、それを見たイリアは辛辣だった。

「怪我をなさるつもりも、ましてや死ぬつもりもないんですね？　だったら、あなたの男気を見せてください」

「………」

すかさずイリアの手から剣を奪い返したアインシュヴェルは、それを鞘に収め、降参した。

「あんたのなまくら剣じゃ、手打ちにされても長く苦しむことになりそうだ。その役目はヴィオレアにやってもらうことにする。あいつの剣なら、すっぱり俺の首を斬ってくれるだろうからな」

第五章

王城の一室に放り込まれたヴィオレアは窓辺に座り、眼下に広がる早朝のベルフィアー王城を眺めていた。

夜も明けきらない早朝にあの山間の村から拉致され、絶対に逃げ出せないよう厳重に監視されながら王都へ連れてこられた。

村から王都は思ったよりも近く、到着したのは日没後すぐだ。

到着するなり、彼女のためにと用意された寝室に放り込まれたヴィオレアは、あわててスカートの下に隠していた短剣をベルトから外し、ベッドの下にそれをすべり込ませた。

あのアルトゥスとかいう騎士、鋭そうなくせに自分が売った短剣の所在を調べることもなく、ヴィオレアから取り上げもしなかった。とんだ間抜けである。

その直後に大勢の侍女がやってきて、ヴィオレアを風呂場に放り込んだ。危機一髪、隠した得物は見つからずにすんで、胸を撫で下ろす。

しかし、久々に贅沢な石鹸《せっけん》で磨き上げられ、清潔で上等なガウンを着せられたら、あるべき場所に戻ってきたような気分になり、罪悪感を覚えてしまった。

「侍女頭を連れてまいりますので、しばらくお待ちください」

若い侍女の無機質な声にうなずき、ヴィオレアは窓辺に寄る。

王城の奥まった一室から見える外の様子からは、この半月ほどの逃亡生活がまるで夢だったみたいに思えた。

しかしこのゆとりのある現実の先に待ち構えているのは、地獄だ。

まだザラストとは顔を合わせていないが、ヴィオレアは国王の子供を産むために王都に呼ばれたのだから。

アインシュヴェルに、身体の奥底から愛されることを教えられた。この身体を簒奪王の好きにされることに果たして耐えられるだろうか。

こうなったら結婚式はすぐにでも執り行われるだろうし、子作りを急ぐのであれば、結婚式を待たずして――ということだって十分にありうる。

（まさか、今夜とか……もしそんなことになったら、どうしよう）

ザラストは数年前の肖像画でしか見たことがないが、元騎士団長らしく体格のがっしりした強面《こわもて》だ。いくらヴィオレアが剣をかじっていたとしても、敵うわけがない。

危機はすぐ目前まで迫っていた。

「ヴィオレアさま、お支度にまいりました」

ノックがあり、ヴィオレアに宛がわれた部屋に侍女たちが数名顔を覗かせる。

だが、ガウン姿のまま窓辺に腰かけていたヴィオレアを見た老侍女は、真っ先に眉をひそめた。

短く切り揃えた髪も、貴族女性としてありえないものだ。

「公爵家のご令嬢とおうかがいしてましたが……」

「公爵令嬢とは名ばかりで、ずっと邸に軟禁されておりましたし、社交界に顔を出すことも陛下より禁じられておりましたの。マナーのなさはご容赦いただきたいわ」

怯えてみせるのも白々しい気がして、ヴィオレアは開き直っていた。

涙に暮れて国王の慰み者になるのを待つ、という気にはなれないし、あきらめて身体を差し出す気にもならない。

なんとか出し抜いて、この王城という牢獄《ろうごく》から脱出する気満々だ。

幸い、イリアはここにいない。自分ひとりだけなら、どうとでも立ち回ることができる。

でも、ふと思うのだ。

――アインシュヴェルは、助けに来てくれるだろうか、と。

もし彼が、単身で乗り込んできたらただの無謀《バカ》だが、あの男は無謀ではない。

ということは、アインシュヴェルがここへ乗り込んでくる確率は限りなく低い。

あの村の人々からすれば、自分は新参者の居候だ。アインシュヴェルが恋人にと選んでくれたからって、自分を助けるために彼らが危険を冒してまで乗り込んでくる理由にはならない。

そして、アインシュヴェルは道理がわかっている男だ。個人の感情と大勢の命を秤《はかり》にかけた結果、どちらを取るかは明々白々である。

いくら彼らが国王に叛逆する意思を持っていたとしても、中心に押し立てるべき人物が不在だと聞いているから、今は動くべきときではない。

乙女心としては、アインシュヴェルには、悪い国王に囚われた姫《自分》を助けに来てくれる王子さまであってほしいと思う。

一方で、理性的な大人としては、アインシュヴェルにそんな血迷った選択はしてほしくないし、彼はしないだろう。

大勢の人々を従える器量を持つ彼だからこそ、長い年月をああして耐え忍んできたのだから。

（アインシュヴェルが叛逆軍の陣頭指揮に立っても、十分やっていけると思うけど……）

当時は従騎士だったとしても、貴族の子弟には違いないし、村の人々を見る限り、アインシュヴェルは頭領としての人望も十分に具えていると思うのだ。

統率力も、見た目で人を惹きつける力も。

もしアインシュヴェルと再会することができたら、ザラストを打倒してあなたが新しい国王になればいいと、そう伝えることにしよう。

だってあんなに押しが強くて、剣の腕も桁違いに強くて、傲岸不遜だがどこか憎めなくて、目が離せない男、人の上に立つしかないではないか。

アインシュヴェルが王冠を戴《いただ》き、足を組みながら玉座にふんぞり返る姿がはっきりと目に浮かぶ。彼が国王の正装をしたら、さぞかし見栄えがすることだろう。

そんな未来図を思い描いたらうきうきしてしまうが、ヴィオレアの物思いを破るように老侍女が急《せ》かしてきた。

「今宵《こよい》は国王陛下より、夕食を共にするようご命令が出ております。急ぎ、身支度を整えましょう」

食事をするにも命令されるとは、なかなか癪に障る。でも、敵の顔は確かめておくべきだ。

脱出するためには様々な情報が必要で、王城内部の構造や騎士の配置具合、国王の為人《ひととなり》など、すこしでも多く把握しておかなければならない。

念のためにと、アインシュヴェルからもらった短剣を隠しておいたのは正解だった。見つかったら即取り上げられてしまうだろう。

そのときふと、老侍女はガウンを脱がせたヴィオレアに目を鋭く細めた。

「盗賊にさらわれていたと聞いておりましたので、半ばあきらめてはおりましたが……」

「……？」

鏡越しに彼女の視線を辿り、はっと息を呑んだ。

そこに映る自分の身体には、アインシュヴェルの残したくちづけの痕がいくつも刻み付けられていたのだ。虫刺され——ではごまかしようがない。

老侍女はそれきり何も言わなかったが、後できっと国王へご注進に及ぶのだろう。

この結果は、吉と出るか凶と出るか。

だが、どうやらヴィオレアは、盗賊にさらわれたことになっていることがわかった。

実際は自らの意思で彼らと行動を共にしていたわけで、ヴィオレアをここへ拉致したアルトゥスという騎士も、状況からそれは理解していたはずだ。

だがそれは報告していないのか。それとも、この老侍女が聞いていないだけで、国王はとっくに承知の上なのか。

ザラストがどう出るかを見極めるまで、こちらから余計なことはしない、言わないほうがよさそうだ。

その後、ヴィオレアは無言になったが、侍女たちも彼女と友好関係を築こうという気はないらしく、必要なこと以外は口にしなかったので、静かなまま着々と身支度が整えられていく。

状況的には敵地に囚われたわけだが、やはり清潔に身なりを整えると心身が引き締まるし、心を強く持っていられそうな気がする。

なんとしてでもここから逃げ出し、アインシュヴェルの許に帰るのだ。

そう思えるのは、ここから逃げ出す当てが、帰るべき場所があるから。行く当てもないままここへ連れてこられていたら、こんなに悠然と構えていられなかったはずだ。

身支度を終えたヴィオレアは、侍女に案内されて簒奪王ザラストの待つ食堂へと向かった。

王城へは幼い頃に何度か上がったことがあるものの、ほとんど記憶にない。

「陛下、イデアル公爵令嬢をお連れいたしました」

老侍女が言うと、物々しく低い声が扉の向こうで「入れ」と命じた。

促されて食堂に足を踏み入れたヴィオレアの視線は、奥の席に着いている初老の男に真っ先に吸い寄せられていた。

（あれが簒奪王ザラスト……）

説明を受けなくても、一目でそれと知れた。

もうじき齢《よわい》五十を数える初老とはいえ、広い肩幅や厚い胸といったしっかりした身体つきで頑健そのもの。黒い頭髪には幾筋もの白髪が交じるが、鋭く圧のある眼光を前に、老いなど一切感じさせなかった。

彼の発するただならぬ空気に気圧《けお》されつつも、ヴィオレアは絢爛豪華《けんらんごうか》な長テーブルの手前で立ち止まり、鎮座する国王に優雅な一礼を送る。

「お待たせいたしまして申し訳ございません、国王陛下。お初にお目にかかります、ヴィオレア・ユグス・イデアルでございます」

ザラストはジロリとヴィオレアの顔を見て、腹の底に響くような低音で言った。

「盗賊たちに連れ去られ、さんざんいたぶられたそうだな」

この物言いからでは、国王があの騎士からどんな報告を受けているかはわからなかった。

しかし、墓穴を掘るわけにはいかないので、余計なことは言わないでおいたほうがいい。

ヴィオレアはザラストに操を立てていたわけではないし、もし国王が処女をお望みだというのなら、お生憎《あいにく》さま、ザマーミロである。

ならばいっそ、このまま放免してもらえないだろうか。

「──私には、国王陛下の花嫁としての資格はもうございません。ですから……」

悲愴《ひそう》な表情を作り、うつむきながら言う。

非処女を理由になんとか結婚を回避できないだろうかと期待してみたのだ。しかし、現実はそううまくはいかなかった。

「構わぬ。しばらく様子を見て、盗賊の子を孕《はら》んでいるようなら堕胎させるだけのこと。おぬしには真実、余の子──男児を産んでもらえればそれで結構」

ものすごい言われように、顎が外れそうになった。きっぱり「腹があればいい」と明言されたも同然なのだ。

国王が欲しいのは「旧王家の血を引く自分の息子」で、子を産む女の処女性など端《はな》から問題ではない。もしヴィオレアが既婚で、すでに子供がいたとしても、子供は全員殺害されたうえで王妃に据えられたに違いない。

今後、ザラストの子供を何人か産んだら、いずれ彼女自身が危険分子として殺される。これはもう疑いようがなかった。

なぜなら、ザラストの子を産んだ後に、ヴィオレアが他の男との間に旧王家の血を引く子を生《な》したとしたら、彼の目論見はご破算になってしまうからだ。

もともとヴィオレアは簒奪王の要排除名簿に名を連ねていて、非常に危うい立場なのだ。

（妊娠していないか様子見の期間は猶予があるのね。その間になんとか逃げ出さないと……）

しかし、普段どおりに順調であれば月のものはじきに来るはずで、それを知られてしまえば身の危険度がぐっと増す。侍女にはすべて把握されてしまうから、隠し通すことはできない。

不思議と、アインシュヴェルとの間に子供ができているとは思わなかった。

でも、イリアの言うとおり完璧な避妊などない。彼は胎内に吐精しなかったが、それは決して避妊ではないのだ。まったく可能性がないわけではなかった。

それを考えたら、なおのこと王城に留まり続けるのは危険でしかなかった。

侍従に椅子を引いてもらい、国王の正面に腰を下ろす。長テーブルの端と端でひどく遠いが、萎縮せずにすむ距離感で内心ほっとした。

「あそこに彼らの村があったこと、陛下はご存じでいらっしゃったのですか？」

余計なことは言わないほうがいいとは思いつつも、可能な限りの現状把握はしたい。

あくまでも被害者ぶって、注意深くザラストの様子をうかがう。

「かなり巧妙に隠されていたゆえ、場所の特定には時間がかかったが、どこかに盗賊団の拠点があるのはわかっていた。こちらの荷馬車が何台も襲われ、物資をたびたび持ち去られていたからな。神出鬼没な奴ばらよ」

銀の匙《さじ》をテーブルに置いたザラスト王は、やおら立ち上がってヴィオレアの傍まで歩いてきた。

「おぬしをさらった盗賊どもの村は、すでに包囲してある。これから本隊を派遣し、総攻撃をかける。早ければ明日の晩にでも、一匹残らず殲滅の報が届くだろう」

「…………」

表情に出てしまわぬよう、必死に顔を固定した。しかし、心臓がドクドクと音を立てはじめるのは止められない。

だが、何かあったときは避難できる場所や物資も確保してあると、アインシュヴェルから聞いている。包囲されたからといって、即座に陥落することはないだろう。

何しろあの山は天然の要害だ。どんな大軍を送り込んだって、一斉に攻撃することはできない。それに今朝の襲撃で、村人たちも心構えはできているはずだ。

とはいえ、相手は一国の騎士団。いくらアインシュヴェルたちが腕利き揃いとはいえ、訓練された騎士たちに攻撃されてしまったら、ただではすまないのでは……。

ヴィオレアはそんな不安を必死に取り繕い、かすかに笑った。

「そ、うでございましたか。さすが、元王国騎士団長でいらっしゃいます」

ずんずん近づいてくるザラストは、近くで見れば見るほど威容を放つ男だった。

服の上からでもわかる腕や胸の厚さ、揺るぎのない体躯《たいく》、敵を決して許したり見逃したりすることのない険しい双眸《そうぼう》。

ヴィオレアは思わず取り上げかけた匙を置いて、目の前にやってきた国王を見上げた。

初老の色ボケ国王など出し抜いてやるという気持ちで、ある意味、心に余裕を持ってここへやってきたはずだった。

でも、実際に間近で見たザラストは、とても逆らったり舌戦を仕掛けられるような相手ではない。青と灰色が混じった目に見られるだけで、心臓をぎゅっと鷲掴《わしづか》みにされた心地にさせられる。

茫然と顔を上げていたら、ザラストのごつごつした岩のような手が伸びてきて、ヴィオレアのドレスの胸元をつかんだ。

驚いて反応するより早く、華奢な布を引っ張られ、薄いレースが音を立てて裂ける。

「……」

そのまま胸倉をつかまれる格好で立ち上がらされると、ザラストはベルトに吊《つ》るしていた短剣で下着ごと真新しいドレスを引き裂いてしまった。

白い肌が煌々《こうこう》と明かりの灯る夕食の席にさらけ出されるが、すっかり度肝を抜かれたヴィオレアは、胸を隠すこともできずに立ち尽くす。

布の残骸に成り果てたドレスが、足元にぱさりと落ちた。

「……盗賊にかどわかされて、何日も蹂躙され続けた身体ではないな。傷や痣《あざ》はなく、血色もよく肌艶もいい。これはくちづけられた痕か？　ずいぶんと盗賊に手厚く遇されたものだな、イデアル公爵令嬢。見目のいい男にでも言い寄ったか？」

くっきりとアインシュヴェルのキスの痕が残る乳房をつかまれたが、痛みよりも恐怖に青ざめた。

ならず者の盗賊にさらわれて弄ばれていたなら、身体中にその痕跡があるのだろうが、実際にヴィオレアはそのような辱めは受けていない。

まさかこんな形で暴かれることになるなんて、まったく考えていなかった。

「まだ子供だと思っていたが、女とは狡猾《こうかつ》なものよな。おかげでしばらく子作りが延期になった。その落とし前はしっかりつけてもらわなくてはな」

そのとき侍従が来客を告げ、鎧に身を固めた騎士が食堂に入ってきた。ヴィオレアをここへさらってきたアルトゥスだ。

相変わらず隙のない身のこなしに、研ぎ澄まされた空気をまとっていて、思わず目を奪われてしまうのが悔しい。

だが、ヴィオレアとあの村の頭領《アインシュヴェル》の関係は、この男の口からすでに国王へ報告されていたのだろう。

彼はヴィオレアのあられもない姿には目もくれず、国王の前に跪く。

この男、ヴィオレアを連れ去ってから王都までずっとついてきたのに、疲れた様子を一切見せなかった。

「陛下、出陣の準備が整っております。いつなりとご命令を」

「すぐに向かう」

重々しくうなずいたザラストは、腕で胸を隠すヴィオレアの肩を突き飛ばして椅子に座らせると、騎士と共に食堂を出ていこうとする。

だが、ふと立ち止まってヴィオレアを振り返った。

「これからその盗賊どもを殲滅するため騎士団を出陣させる。遅くとも二、三日中には戻るだろうが、さて、ヴィオレア嬢。どの男の首をここへ持ってこさせればいい？」

＊

――ここへ来て、初めて自分の世間知らずさを教えられることになった。

簒奪王と面識はなかったから、凶悪で己の権力に執着した哀れな初老の男だと、勝手に頭の中で思い描いていたのだ。

だから、いざとなれば閨で……と危険な妄想もしていたが、さっきの一幕でさすがに気力を削がれてしまった。

この国では、七十歳を数えたらかなりの長寿であり、五、六十代で天寿を全《まっと》うする者が多い。

イデアル公爵邸で働く者たちの多くがそのくらいの年齢で、二言目にはあっちが痛い、こっちが痛いと、椅子に座るにもいちいち腰をさすりながらだった。

国王ももう五十が間近に迫り、そんな感じだろうと高を括っていたのに……。

閨に連れ込まれたら、たぶん抵抗はできない。短剣で喉を切り裂いてやるなんて考えていたが、絶対に不可能だ。やってみるまでもなかった。あの身体にのしかかられた途端に、獅子《しし》に狩られる野ウサギの如く、頭から食われてしまうだろう。

結局、着せられたばかりのドレスを引き裂かれたヴィオレアは、食事をするどころではなくなってしまい、与えられた部屋で悄然《しょうぜん》としていた。

もし、帯剣していたらどうなっていたことだろう。余計なことをしなくて本当によかったと思う。

すでに寝衣に着替えさせられていたが、自分の身体を心細く抱きしめながら、さっきとは違う気持ちで窓の外を眺めていた。

夜の中庭には、松明《たいまつ》やランタンを掲げた多くの騎士が揃っている。

国王の命を受け、これからあの山中に潜む盗賊たちを殲滅しに行くのだそうだ。

しかし、何百騎の騎士が集っているのだろう。まるで、ヴィオレアに見せつけるかのようではないか。

村の人口は二百人ほどだし、戦力として数えられるのはその半数未満でしかないというのに。

殲滅という言葉は決して誇張ではないのだ。

やがて、ザラストが騎士たちに出陣を命じ、それに応えた男たちが声を張り上げながら進軍を開始した。

（アインシュヴェル……）

彼らはちゃんと避難しただろうか。逃げ切れるのだろうか。

今、行軍を開始したら、村に到着するのは翌朝。

すでに先行部隊――おそらく昨晩村を襲った連中――が村を包囲していると言っていたから、明日中にはすべての決着がつくかもしれない。

（私が村に連れていってくれなんて言わなければ、こんな事にならずにすんだのに……）

自分の無力をまざまざと思い知らされ、ヴィオレアは硝子《ガラス》の窓に額を押し当てて目を閉じた。

窓の外にいる騎士団は、恐ろしく統率が取れていて足並みも乱れがない。遠目にだって精鋭揃いにしか見えなかった。

あの騎士は、裸にされたヴィオレアを見ても驚くどころか眉ひとつ動かさなかった。その隙のなさはアインシュヴェル以上だ。

もしかしたら、アインシュヴェルでさえあの騎士には敵わないかもしれない……。

みんなが無事に逃げ延びてくれることを、ただ祈ることしかできない自分がもどかしい。でも、危機を知らせる方法も、騎士団を足止めする力も持っていない。

あの村の住民が、騎士たちの剣で無残に殺されていく。気のいい女たちも、ヴィオレアを師匠と慕ってくれた少年たちも。

こうして部屋に閉じ込められて歯噛みするしかなく、焦燥感でいっぱいだった。せっかく敵陣の中枢にいながら、何もできずにいるのだから。

（……そうなったら『情勢が動いた』ことになる。勝機を狙うだけだ）

そのときふと、アインシュヴェルの声が聞こえた気がしてヴィオレアは顔を上げた。

以前、自分のせいで村が危険に陥ったら……という話をアインシュヴェルにしたことがある。その際、彼はそう言ってヴィオレアの置かれている状況を容認してくれたのだ。

（情勢が、動いた……。そうだ、できることは――ある）

敵が向こうからやってきて、ヴィオレアを深部まで誘い込んでくれたのである。これは『勝機』ではないのだろうか。

勝機――すなわち、自分の手でザラストを倒す。

村が攻撃を受けるのは避けられないかもしれない。でも、それですべてが終わりではない。

国王に反目する彼らだ。避難場所もあるし、いつこんな事態になってもいいよう心構えはできているだろう。

それに彼らは密《ひそ》かに仲間を増やし、王都にも、王城にも自分たちの同志を紛れ込ませていると言っていたではないか。

今もアインシュヴェルの味方が、この城内にいるかもしれないのだ。

第一、全滅するとは決まっていないし、アインシュヴェルが死ぬなんて冗談でも考えられない。

あの抜け目のない男が、ただ黙ってやられるはずがなかった。

そんな中、ヴィオレアはザラストに一番近い場所にいる。

自分と彼らが日の当たる場所で生きていくためには、もはやザラストの息の根を止めるしか方法がなかった。

（できるかできないかじゃなくて、やるしかない……！）

アインシュヴェルが知ったら、きっと無謀だと呆《あき》れ果《は》てるだろう。

でもやっぱり、アインシュヴェルが愛してくれたこの身体を、あの男の好きにはさせたくない。

ザラストは騎士団を見送っただけで、自らは城に残っている。それも当然で、たかだか盗賊団ひとつを壊滅させるために、国王自らが城を出ていくはずがないのだから。

騎士団が戻ってくるまでに、ザラストをこの手で――。

嘆くのも悔やむのも、すべてが終わった後でいい。自分にできることを、今は全力でやるだけだ。

（とにかく今夜はしっかり寝て、頭をすっきりさせてから考えよう）

未明にアルトゥスに拉致され、馬車で王都に向かっているときも眠っていない。今は身も心もくたくたなのだ。

ヴィオレアはベッドに入って目を閉じた。

――ところが、事態が動いたのはその日の深夜のことだった。

半睡のところ、あわただしい空気を感じて目を開けると、カーテンの向こうが明るくゆらゆら揺れている。

最初、もう夜明けなのかと思ったが、それにしては室内は真っ暗だ。

ベッドから抜け出してカーテンを引いてみる。

「え――」

眼下に広がる王城の建物群の一部から、激しい火の手が上がっていた。

＊

それより遡ること半日。

戦力のほとんどを村に残したアインシュヴェルは、デューンとキース、ウェイクの三人だけを伴って、ヴィオレアがさらわれたその日の朝、時を置かずして山を反対側から下りていた。

こちらは人間の手が入っていない自然のままの山だが、いざというときの逃走用に経路だけは確保してあった。

こんな険しく、道とも言えない道を村人全員で下山するのは現実的ではないし、残った面々は再度の襲撃に備えて各所に罠を仕掛けている。

この村を興したときは、単なる隠れ家的な存在だったはずなのに、人が増えて大所帯になるにつれ、多くの者がこの即席の、名もなき村に愛着を持つようになっていった。

もはやここが故郷と思っている者さえいるから、彼らに村を見捨てさせ、別の場所に逃げるという発想がない。

ザラストに場所を知られてしまったからには、村を存続させる唯一の方法が、簒奪王の打倒だった。

それはたくさんの人々の願いであり、それを成し得る者はアインシュヴェル以外にいないのだ。

(俺の罪は、いずれ俺の身に返ってくる。その日が来るまで、できることをやるだけだ)

これまで、親友を死なせたことで、自分が生きていること自体に罪悪感があった。だから、身体をかばう鎧も身に着けず、心のどこかで虎視眈々《こしたんたん》と死の機会をうかがってきたのだ。

罪の証として、茨の鎖を自分自身の身体に刻みつけて。

絡みついた茨の鎖は彼の身体に深く棘を食い込ませ、決して解けることはない。アインシュヴェルに永遠の痛みを与える印だった。

だが今は、残された命を無駄に捨てるわけにはいかなくなった。

自分自身のことに囚われすぎて、多くの人のことが二の次になっていた。同じ捨てる命なら、人のために――なによりヴィオレアのために、最大限有効的に使うべきではないだろうか。

兄の死の真相を告げたら、彼女は何と言うだろう。どんな顔をするだろう。

それこそイリアが言うように、ヴィオレアの赦しを得られないのであれば、彼女にこの首を差し出してアークスの墓前にでも捧げてもらえばいい。

村を襲撃され、ヴィオレアを奪われたままの現状では、誰も救われないのだから。

どんなに罪があろうと、アインシュヴェルはベルフィアー王家に生を享《う》けたのだ。その責任は全うしなくては……。

「ちょ、ちょっと、待ってください……!」

アインシュヴェルの物思いを破るように、女の悲鳴が上がった。

王都へ先行する彼らになぜかイリアまでもが同行し、男たちの遠慮ない歩調についていくのに必死の形相だ。

「だから待っていればよかったんだ」

急斜面を下るのに及び腰になっているイリアに、キースが手を差し出す。

「私がお嬢さまをお守りするって決めているんです！　ここへ来てアインシュヴェルさんがその役目を取り上げてしまわれましたけど、やっぱりこの方、信用できませんので！　もし、お嬢さまがザラストの毒牙にかかってしまったらと思うと……」

手厳しく言われたがまったく笑えず、アインシュヴェルは一層足を速めた。

ヴィオレアがザラストの花嫁として輿入《こしい》れする途中だったなんて、アインシュヴェルも予想すらしていなかったことだ。

そうと知っていれば、うじうじと悩んだり迷ったりすることなく、真っ先に王都へ駆け出していたのに。

だが、ザラストの目的を知った今、手をこまねいて事態を見過ごすことはできなかった。

簒奪王も、さらったその日にいきなりヴィオレアを閨に引き込んだりしないとは思うが、安心できる要素はない。

なぜなら、あの気の強い娘が、唯々諾々とザラストに身を差し出すはずがないのだ。

それどころか、彼女はおそらくアインシュヴェルに操を立てようとするだろう。

丸く収まるほうを選ばずに、ザラストに反抗して攻撃しかねない。いい意味でも悪い意味でも、ヴィオレアはまっすぐな気質の持ち主だ。

何をやらかすかと思うと、おちおちしていられなかった。

「急ぐぞ！　夜までには王都に到着したい」

こうして強行軍で山を下り、麓の村で金貨をばらまいて馬を借り上げると、細道を駆け、夜になって王都へと到着した。

「こんな少数で、どうやってお嬢さまを救出するおつもりなのですか？」

キースの後ろに乗せてもらっていたイリアは、初めての乗馬でへろへろになった足を叱咤しながらアインシュヴェルに尋ねる。

「俺たちも伊達《だて》に八年潜伏していたわけじゃない。王都のあちこちに仲間がいる。そこの宿が仲間たちの拠点だ」

宿へ到着すると主人のレヴィンが出迎えてくれたが、アインシュヴェルの顔を見て目を丸くした。

「アイン、無事だったか！　奴が動いたと聞いて心配してたんだ」

レヴィンはデューンのかつての部下にあたる、壮年の騎士だ。ザラストの簒奪事件の際に王城を離脱し、一度は王都を離れていたものの、フリード王子が存命だと知って王都に舞い戻った。

いつかザラストを打倒する日のために髭面で素顔を隠し、仲間を集めながら雌伏生活を続けてくれている。

元近衛騎士で、その実力は王子の護衛騎士だったデューンも認めるほどだ。また、朗らかで人望もあるので、人のつながりをどんどん広げてくれた。

「変化は勝機だ。城を落とす」

店に入るなりアインシュヴェルがさらりと言ったので、レヴィンは目をぱちくりさせたが、その意味を呑み込むと拳を固めた。

「いよいよか！　総大将はもちろんあなたが務めてくださるんですな、フリード王子殿下。いや、フリード王子は幼名でしたか、アインシュヴェル殿下。あなたさまが我らを率いてくれる日を、一日千秋の思いで待っておりましたぞ！」

一階の食堂の奥にある小部屋に収まったアインシュヴェルは、レヴィンが片膝をついて恭順の意を示すのを見て大きくうなずいた。

「長らく待たせてすまなかった。だが、今を逃すわけにはいかないんだ。力を貸してくれ」

こうして呼び集められた仲間たちに情報が回り、急遽《きゅうきょ》、今夜の襲撃が決まったのである。

突然の話でも、異を唱える者は誰もいなかった。むしろ、アインシュヴェルがようやくやる気になったことを喜ぶ者ばかりだ。

事が起きた当時、フリードはまだ十五歳になったばかりだった。

突然、何もかもを失い、身代わりに死なせてしまった公子のことで己を責め続けている少年王子が、自分の心に折り合いがつけられずにいることを詰《なじ》る者はいなかった。

実際、フリード王子がなんとか笑えるようになったのは、事件から二年ほどが経過した頃だ。

そして、どこかにいるであろう唯一の肉親——異母兄《トゥルージャ》の存在を拠《よ》り所《どころ》に、ずっとその所在を求めていたことを誰もが知っている。

恐れ知らずの豪胆さも、剣の才能も、人心を掌握する資質も、何もかもを兼ね備えているかに見えるフリード王子が、実は誰よりも繊細だということはみんなが知っていた。

だから辛抱強く待ったし、数年前にアインシュヴェルを支えうる重要人物が味方についてからは、いつ彼らの総大将が気持ちを固めてもいいように、周到に準備を重ねてきた。

むろん、いつまでも決断できないでいるアインシュヴェルを不満に思う者も中にはいただろうが、王城に攻め入ったり、ザラストを暗殺するといった好機に恵まれなかったのも事実で、すべての条件が奇跡のように揃ったのが『今』なのだ。

というのも、先ほど王城から、五百騎以上と思われるかなり大規模な騎士団が、出立の準備をしているという情報が届けられた。

おそらく、目的はアインシュヴェルたちの村を討伐するためだろうが、つまりこれから城内はかなり手薄になるということだ。

「村は大丈夫なのか？」

「あそこは天然の要害だ。少人数でならまだしも、五百騎もの騎馬が一斉に入ることなど不可能。

それに、彼が動いてる」

デューンの言葉に集まった面々は力強くうなずき、計画を練り出した。

——アインシュヴェルが仮眠のために下がったのを見計らい、レヴィンはこそっと王子の取り巻きたちにささやく。

「あんだけ『自分は総大将に相応《ふさわ》しくない』ってゴネてたのに、急に何があったんだ？」

アインシュヴェルが階上に行ったのをちらっと確かめてから、ウェイクが小声で返した。

「そりゃあ女が絡めば、いやでも勤勉になるってもんさ。アインも人の子だったってわけだ」

「女！　あの朴念仁が女絡みとは。もしや、こちらの……？」

レヴィンがイリアにちらりと目をやる。ところが彼女が否定するより先に、キースが立ち上がってきっぱり断言した。

「違う！　アインの女の好みはかなり斜め上すぎて、常人にはなかなか理解できない。彼女をあんなのと一緒にしないでくれ」

＊

日付が変わるよりすこし前の、深夜。

アインシュヴェルとキース、ウェイクの三人は、内部の味方による手引きで城門の内側に入り込んでいた。

ほんの一時間前に、五百騎ほどの騎士団が王城を出立したばかりだ。

それでもなお多くの騎士が城内の警戒に当たっているが、盗賊相手の勝ち戦を誰も疑っていないようで、緊張感は漂っていない。

見張りをやり過ごし、中庭の片隅に陣取ったふたりの取り巻きが、手早く火矢の準備をする。

やがて教会の鐘が、日付が変わったことを知らせる。それと同時に、城門のほうから大きな破壊音が轟きはじめた。

待機していた仲間たちが、破城槌《はじょうつい》で城門を打ち破ろうとしているのだ。

火矢も放たれ、たちまち門前は混乱に陥った。

あちらはデューンとレヴィンが指揮を執っているから、ぬかりなく実行するだろう。

敵を分散させて撃破するほど、こちらの戦力は多くない。城内の戦力を一ヵ所に集めるために、こうして王城内の建物を燃やして陽動作戦に出ている。

ザラストも、これが陽動とわかったとしても放置するわけにはいかないのだから。

「室内のカーテンを狙え」

攻撃対象は、八年前に住人がいなくなって以来、封鎖されて誰も足を踏み入れることのなくなった王子宮。ザラストが玉座の間で国王や側近たちに手をかけた後、王子宮にいたふたりの王子も殺害した。そのときに一部で火災が起きており、特に第二王子の部屋が最も激しく燃え、中は焼け焦げたまま放置されていた。まるで、ザラストの蛮行を誇示するかのように――。

アインシュヴェルの命令で、キースとウェイクは王子宮に向けて火矢を放つ。

窓を割って室内に飛び込んだ火矢は、カーテンを燃やし、絨毯《じゅうたん》や毛布などに延焼した。轟々《ごうごう》と音を立てて炎があらゆるものを呑み込んで灰にしていく。

「一斉蜂起の合図が、王子宮の炎上とはな。あそこ、アインが昔いたところなんだろ？　その、いいのか……？」

ウェイクが念押しするように聞いてくるが、すでに火矢を放った後である。アインシュヴェルは「構わない」と笑った。

「あそこが燃えれば見た目に効果的だし、修復もされず誰も使っていない廃宮だ。損失は少ない」

今回の作戦は、城の主《あるじ》の首を挿《す》げ替《か》えるのが目的であって、王城すべてを灰燼《かいじん》に帰すつもりはない。

王子宮を眺めるアインシュヴェルの頬が、赤々と燃え盛る炎に照らされて染まる。

炎を映した砂色の瞳には、それが浄化の炎に見えるのだ。

あの建物の一室で、アークスは命を失った。アインシュヴェルがこれまでの八年間、ずっと後悔に苛まれてきた記憶に連なる、忌まわしい場所でもある。

業火ですべてを焼き尽くしたら、最後に何が残るだろう。

「お、はじまったな」

ウェイクが指を鳴らした。破城槌で城門が壊されたらしく、男たちの歓声と怒号が夜の虚空に飛び交いはじめたのだ。

人々の目を城門と王子宮に向けておき、その隙をついてアインシュヴェルはキースとウェイクを伴い、ヴィオレアの救出に向かう。

簒奪王の打倒は、ザラストの許に最初に辿りついた者に与えられる栄誉だ。

「さあ、そろそろ俺たちもはじめるとしようか。目的地は玉座だ」

「……ヴィオレア嬢を救出するのではないのですか？」

突然の予定変更にキースが目を丸くする。ヴィオレア救出のために、三人だけの別働部隊を組んだのだから。

「いや考えてもみろよ。破城槌で城門を破ろうとしている音が聞こえてきて、火事まで起きた。そんな状況でヴィオレアがおとなしく様子を見ていると思うか？」

キースとウェイクは顔を見合わせ、同時に吹き出した。

彼女のことだ、待つどころか、逃げ出そうとしたり、ザラストを倒そうとしたりと、あれこれ物騒なことを考えるだろう。

「――というのは冗談でも、ザラストにはこの襲撃の目的が、ヴィオレア奪回だとわかっているだろう。奴にとってヴィオレアは大事な手駒。みすみす奪い返されるのを黙って見過ごすわけがない」

「どのみち、ザラストのところに行かずに用はすみませんからね、一石二鳥でしょう」

「いや、下手すりゃほんとに、お嬢が隙をついてザラストをやっちまうかもしれないぜ」

ウェイクの冗談はあまり冗談に聞こえない。

「それにヴィオレアだけじゃない。デューンやレヴィンもザラストの首を狙ってるぜ。誰が一番最初に奴に刃をくれてやるか、争奪戦になりそうだな」

三人は顔を見合わせ、うなずき合った。

「ずいぶんと長らく留守にしてしまったが、八年ぶりに俺たちの城に帰還を果たそうじゃないか」

*

ヴィオレアがおとなしく待っている性質《タチ》でないことは確かなのだが、後宮から脱走してザラストの命を狙うというのは、さすがに荷が重かったし、現実的ではない。

せめて王城内の構造について詳しければともかく、ヴィオレアは今日ここへやってきたばかりで、どこに何があるのか、ザラストが普段どこにいるのか、今はどこで指揮を執っているのか、何の情報も持ち合わせていないのだ。

よしんば辿りつけたところで、鎧を着て長剣を携えた護衛が大勢いる。

ザラスト自身も剣を持っているだろう。いくら剣を習ったからとはいえ、複数の職業軍人を相手にして短剣一本で勝てると思うほど、ヴィオレアは能天気でも自信過剰でもなかった。

それよりも、ヴィオレアがここへ連れてこられた途端にこの襲撃騒ぎだから、襲撃者の目的が彼女の身柄である可能性はある。

ザラストにとって、今のところヴィオレアは奪われたくない大事な駒であり、手元で保護するのが一番確実なのだ。

そう結論づけて、寝室でいろいろ準備をしてザラストの呼び出しを待っていた。

すると案の定、複数の近衛騎士がやってきて、着替えなくていいからと寝衣のままのヴィオレアを後宮から連れ出したのである。

行先は、王城の大広間にあるバルコニーで、そこからは王城での混乱が一望できる。

ザラストはいかめしい騎士団総大将の鎧を着込み、その腰にはヴィオレアが今までに見たこともない巨大な剣を佩《は》いていた。

周囲には多くの騎士が控え、入れ代わり立ち代わりやってくる伝令に、ザラストは険しい声で命令を伝え、それを受けた騎士がまた駆け出していく。

物々しい雰囲気に気後れしていたヴィオレアを見て、ザラストは顎をしゃくってバルコニーの外を指し示した。

「イデアル公爵令嬢、どんな手練手管で盗賊どもを手なずけたのだ？」

バルコニーの向こうには燃え盛る王子宮の様子がよく見えるが、炎は先ほどよりますます大きくなり、夜の空を赤々と照らし出していた。

そして城門の周囲では、騎士たちが剣で打ち合う金属音があちらこちらから聞こえてくる。

(本当にアインシュヴェルなの……？)

寝室で炎を見たとき、「もしや……」と思ってしまったが、そんなはずないと打ち消して、ドキドキと逸る胸をなんとか抑え込んだ。

早朝にヴィオレアをさらいに来たアルトゥスの部隊は、大半がそこに残り、村を包囲していると聞いている。

おまけに、さっき五百もの騎士たちが追い詰めに向かったばかりだ。

アインシュヴェルたちだって村を守るので手一杯だろうから、変な期待はしないでおくべきだ。

でも――。

ヴィオレアは落ち着くために深呼吸して、自分に言い聞かせるように言った。

「手なずけるだなんて、そんなことあるはずがありませんわ。だって、彼らは陛下が山の中に封じ込めていらっしゃるのでしょう？　でしたら、王都にいるわけがありません。まったく関係ない別の人たちに決まっていますわ」

すると、ザラストに忌々《いまいま》しげににらみつけられた。どうやら嫌みが過ぎたらしい。

そのとき、伝令の騎士が兜をつけたまま、大急ぎで大広間に駆け込んできた。

「申し上げます！　敵は城門付近から排除できず、混戦状態となっております」

「構わぬ。消耗戦はこちらに有利。一匹たりとも中へ入れるな。殲滅しろ」

「それが、すでに城内に入り込んでいるようで……」

「なんだと？」

ザラストが目を剥いたときだった。

王の前に跪いていた騎士が腰を浮かしたかと思うと、いっさいの重さを感じさせない勢いで立ち上がった。まるで、ふわりと宙に浮いたように。

それと同時に騎士は腰の剣を抜き払い、ザラストの頭上めがけて振り下ろしたのである。

周囲で見守る護衛たちも動きえないほどの速度だった。

しかし、もうすこしでザラストの頭にそれが落ちるというところで、簒奪王はとっさに身をかわし、凶刃に斃れる運命から逃れていた。

騎士の剣はザラストの鎧の左肩あたりに直撃し、高い金属音を立てながら跳ね返される。

「チッ」

鋭い舌打ちとともに騎士は床を蹴って、ふたたび簒奪王に斬りかかった。

周りの護衛たちも不埒《ふらち》な襲撃者に向けて剣を抜いたが、やはりその中に紛れ込んでいたふたりの騎士に阻まれ、ザラストを守ることができずにいる。

襲撃者の勢いにしばし茫然としていたザラストだったが、すぐに調子を取り戻して後ろに飛び退ると、大剣を抜いて構えた。

「貴様が例の盗賊か。どうやってここに現れた」

ヴィオレアは激しい剣戟に巻き込まれないよう後退したが、ザラストと切り結ぶ騎士の動きを見ていたら、心臓の鼓動が速まりすぎて苦しくなり、喘ぐように呼吸を繰り返していた。

だって見間違いようのない、アインシュヴェルの動作そのものなのだ。

重たい全身鎧を着けていたって、その身のこなしはちっとも損なわれていない。

ヴィオレアもこれまでに彼と稽古をつけてきたが、剣を合わせるごとにアインシュヴェルの剣技の秀逸さに舌を巻き、流麗な動きに感嘆してきたのだ。

だが、これを見る限り、自分との稽古は彼にとっては児戯に等しかったに違いない。こんな猛攻にさらされたら、十秒ともたずに剣ごと命を落とされていただろう。

そしてそれを受けるザラストも、さすが元騎士団長という風格だ。アインシュヴェルが身軽に仕掛けるも、厚い体躯はずっしりとしていて、そよとも揺るがないのだ。

「顔を見せろ、痴れ者《しれもの》めが。王に刃向かう者は地獄に叩き落とす」

ガキンッと双方の剣がぶつかり合って跳ね返り、ふたりの間に距離ができると、ザラストの声が空気を震わせた。普通の人であれば、声を聞いただけで萎縮してしまう重みがある。

だが、全身鎧の騎士は兜を脱ぎ捨て、皮肉に片頬を上げて笑った。

「地獄行きはそっちだろ、ザラスト」

わかってはいたが、兜の下から現れたすこし長めの銀色の髪を見た途端、ヴィオレアの心臓は痛いくらいに高鳴った。と同時に、多勢に無勢のこの状況に不安を覚えて、息が苦しくなる。

本当にアインシュヴェルがここにいる。未明に村が襲われ、大変な事態になっているはずなのにヴィオレアを助けに来てくれたのだ。

「ヴィオレア、もうちょっとだけ待ってろ。この種馬王は俺がきっちり片付けるからな」

彼の軽口は、ヴィオレアを安心させるためのものだろう。でも、砂色の瞳は油断なくザラストの上に視線を注いでいる。

「小僧が！」

種馬王などと侮蔑されたザラストは怒りで目を吊り上げ、剛腕を振るってアインシュヴェルに大剣を叩きつけた。

アインシュヴェルは身軽にそれをよけるが、彼の代わりに重たい一撃を受け止めた石の床は砕け、剣先は床にめり込む。

その衝撃に砂煙が上がったほどだ。

あれが彼の身に落ちたらと思うと気が気ではないが、アインシュヴェルは憎たらしいほどに余裕の顔で素早く剣を叩きつけ、ザラストを挑発した。

「この広間で大勢殺したよな。国王一家のみならず、わずかでもその血を引く者、不幸にも鏖殺の場に居合わせた無関係な人々も。国王を守ろうとしたたくさんの騎士も。暗愚の王を打倒して、自分は簒奪の暗黒王か。この八年はベルフィアー建国以来の奇禍だったが、もうおまえの治世には飽きた。とっとと退場しろ」

「………」

ザラストが先の欠けた剣を袈裟《けさ》斬りに振り下ろしたが、アインシュヴェルはよけてもいないのに、見当違いの地面をふたたび破壊しただけだった。

彼の物言いが、かつてのザラストを知る者の言葉だったからだろう。

「――その顔。フリード王子……!?」

ザラストの掠れ声に、ヴィオレアは榛色の瞳を大きく見開く。

「え――？」

アインシュヴェルは答えなかったが、ヴィオレアは彼の背中を穴が開くほどに強くみつめた。

フリード王子の名はもちろん知っている。

兄のアークスが、同年の第二王子フリードと懇意にしていたことは母から聞いていたし、生前、王子と机を並べて学んでいると、兄が言っていたのをうっすら覚えていた。

あの惨劇の日、フリード王子は兄と共に殺されたはず……。

ザラストの叛逆で殺害され、焼け落ちた王子宮から誰かもわからないほどの悲惨な状態で見つかったと聞いている。

アインシュヴェルはちらりとヴィオレアを見たが、すぐにザラストに向き直った。

「フリード殿下は王子宮の火災で焼死したはずだが、別人と挿げ替えていたか。あの焼死体は……

そのイデアル公爵令嬢の兄か？　親友を身代わりにするとは恐れ入った」

アインシュヴェルは、今度はヴィオレアを見なかった。ただ、彼は周囲の空気を一気に氷結させ、無言のまま剣を握る手に力を籠める。

「お嬢っ、ザラストの言うことは戯言《たわごと》だ！　信じるな」

護衛騎士たちと切り結んでいた男が、ヴィオレアに向かって叫んだ。この声はウェイクだ。

信じるもなにも、まだ事情がまったく呑み込めていない。ただわかっていることは、今はアインシュヴェルにザラストを打倒してもらわなければ、自分も彼らも、揃って身の破滅だということ。

「アインシュヴェル、絶対に勝って！」

「――任せとけ」

その一言と同時に、旧王家の王子と簒奪王の激闘がふたたびはじまった。

周囲では、ウェイクともうひとり――おそらくキースが、護衛たちとやり合っているが、ひとりふたりと確実に斬り伏せており、数の不利はだいぶなくなっていた。

手出し口出し一切できないヴィオレアは観戦に徹するのみだが、いきなり背中に衝撃を食らって前につんのめった。

混戦で弾き飛ばされた護衛騎士がぶつかってきたのだ。

「わ……っ」

板金鎧の騎士にぶつかられ、一瞬息が止まった。すんでのところで身体を抱き留められて、転倒は免れたのだが……。

固い金属の籠手《ガントレット》に腕をつかまれて痛みを覚え、顔を上げたヴィオレアは頭からさぁっと血の気が引いていくのを感じていた。

「ヴィオレア！」

叫んだアインシュヴェルの声が、ずいぶん遠くに聞こえる。

今、彼女の腕をつかんでいるのは、ザラストだったのだ。

それに気づいてとっさに逃げようと腰を引いたが、素早く強い力で腕を引き寄せられて、簒奪王の剛腕で首を絞められる。

背中に鎧の硬さを感じ、籠手の向こうにアインシュヴェルの青ざめた顔が見えた。

「娘が惜しければ剣を引け、亡国の王子よ」

「ちょっと待てよ、おまえはヴィオレアが必要なんだろ。人質に取ってどうするんだよ」

アインシュヴェルの言葉に内心でこくこくと賛同する。ヴィオレアがいなくなって困るのは、ザラストとて同様なのだから。

だがザラストは、鼻で笑い飛ばした。

「娘の価値は、ワシと貴様とで等価ではない。ワシには必ずしもこの顔が必要なわけではないからな。ベルフィアーに必要なのは娘の胎だ。このかわいらしい顔が傷物になって困るのは貴様だろう？　顔を潰し、腕の一本や二本使い物にならなくとも子は産める。何の問題もない」

そんなふうに言われて大剣の面を頬に押し当てられ、ますます青ざめていく。

ザラストのその言葉に嘘はないだろう。彼女の容姿は、簒奪王にとって何の価値もないものなのだから。

「……知ってるつもりだったが、想像以上のクソ野郎だな」

皮肉に歪むアインシュヴェルの表情が、どんどん苦り切ったものになっていく。

冷たい刀身の縁《へり》が頬に食い込んできて痛みを覚えた。

ザラストの大剣は鋭い刃ではなく、面で叩きつけて敵をなぎ倒すものだから、即座に切り傷ができるわけではない。

それでも、強い力で押し当てられていたら、そのうち傷にはなるだろう。

「傷つけられたくなければ、三人とも投降しろ。そこに集まって跪け！」

アインシュヴェルの傍にキースとウェイクが近づき、剣を下ろす。残ったザラストの護衛騎士が三人、彼らを取り囲んだ。

「武器を捨てろ」

「だめよ、だめよ！　私のことはいいから、ザラストを倒して！」

ヴィオレアは叫びながら、そろそろと手を腰へと移動させる。アインシュヴェルとふたりの取り巻きたちの視線も、それを辿った。

「陛下っ！　娘が……！」

彼女の不穏な動きを察知した護衛騎士が叫んだが、それよりも先にヴィオレアは大きなリボンに結んだ腰ひもから短剣を抜き取っていた。

脚にベルトで固定したって、いざというときに取り出すのに手間取って使えない。ザラストに召し出されるまでの間、考えに考えて、寝衣の腰紐《こしひも》を大きなリボンに結って、内側に抜き身の短剣を仕込んでおいたのだ。

逆手にそれを振り上げたヴィオレアは、ザラストの顔めがけて刃を叩きつけた。

簒奪王に背を向けているので、どこに当たったかは見届けていない。ただ、刃が薄い肉を抉り、骨に当たってぶつかる手ごたえがあり、ほぼ同時にザラストの咆哮《ほうこう》が上がったのは聞こえていた。

「ヴィオレア！」

跪いた姿勢から一気に駆け出したアインシュヴェルが、解放されたヴィオレアの身体を抱き留めてくれる。そして、彼が力強く剣を振るった動作が伝わってきた。

やがて、ザラストの咆哮は叫喚へと変わり、どさりと床の上に崩れ落ちた音を聞いた。

でも、ヴィオレアの目には、アインシュヴェルの鎧に覆われた胸元しか見えていない。

離れてからたったの一日なのに、ひどく長い間別れ別れになっていた気がして、懐かしさに腰が抜けそうになった。

「こ、殺したの……？」

「いいや、残念ながら。一息で楽に殺してやるほど、俺は善人じゃないんだ」

アインシュヴェルの手に背中を抱き寄せられたときだった。大広間に飛び込んできた伝令が、大声で叫ぶ。

「陛下！　盗賊の討伐に発《た》ったアルトゥス団長が引き返し、我らに攻撃を……」

しかし伝令の声は途中で尻すぼみになってしまった。大事な情報を伝えるべき相手が、血まみれになって床に伏していたのだ。

「やっと来たか、おっせえよ」

ヴィオレアの背中を撫でながらアインシュヴェルは皮肉顔で笑う。そして、主人《ザラスト》を打ち負かされ、降参した護衛騎士たちの武装を解除するよう、彼の腹心たちに言った。

「ザラストは捕虜にした。キース、ウェイク、逃げられないようにこいつを縄で縛ってから、外で戦っている連中に伝えてこい。戦は終わりだ。ザラストはフリード王子が捕らえたと。投降する者は放免してやれ。ただし、手向かう奴は営倉にでも放り込んでおけ。あくまでも穏便にな」

「承知いたしました、殿下」

兜を外したキースがアインシュヴェルの前に片膝をつき、深々と首《こうべ》を垂れる。

ウェイクもそれに倣ったが、ちらっと顔を上げてヴィオレアを見ると、「お嬢、すまなかった！」と悪びれた顔で笑った。

さっき彼女の背中にぶつかってきたのは、ウェイクが突き飛ばした騎士だったのだ。

「わ、私は大丈夫ですが……あの、アインシュヴェル……」

事態がうまく呑み込めず、ヴィオレアは困惑しながら恋人の顔を見上げる。

「あとで全部説明する。ちょっとだけ時間をくれ」

ふたりの腹心が出ていくのを見送り、彼は投降したザラストの騎士たちの前にしゃがんだ。

「本当に、フリード殿下なのですか。お亡くなりになったものと……」

「なんだかんだ生きてる。あんたは確か、騎士団の分隊長やってたマルベルだったか」

「覚えていてくださったのですか、フリード殿下……」

みるみる騎士の表情が歪んでいく。

「覚えてるさ、デューンの同期だったもんな。デューンもぴんぴんしてるから、ゴタゴタが片付いたら酒でも付き合ってやってくれ」

こんなふうに生き残った騎士たちに声をかけ、今後の王国の復興に関して協力を約束してくれた面々を放免し、キースらと同様に現在の争いをやめるよう説得に当たってもらった。

それらが片付くと、アインシュヴェルは籠手《ガントレット》を外し、素手でヴィオレアの頭を撫でる。

そしてそのまま彼女の手を引いてバルコニーに出た。

かがり火に照らされた城の中では、まだ多くの騎士たちが斬り合っている最中だ。

松明を持ったキースと、旧ベルフィアーの旗を振るウェイクが共に声を張り上げ、「ザラストを捕虜にした！　フリード王子殿下の帰還だ！」と触れ回ると、次第に騎士たちの間に動揺が広がって、剣戟の音が止《や》んでいく。

「フリード王子殿下？　第二王子の？」

騎士たちのささやきがそこかしこから聞こえてきた。

アインシュヴェルはバルコニーを照らしていた松明を手にすると、それを中庭に向かって大きく掲げてみせた。

「我が名はフリード・ヴィン・アインシュヴェル・ベルフィアー。ザラストに殺害された先代国王ローランの次男だ。たった今、簒奪王ザラストを虜囚にしたところだ」

その声に、騎士たちのどよめきが沸き起こった。

フリード王子の名を知る者たちは、王子は八年前に殺されたと認識しているのだから。

一方で、まったく驚かず、むしろ喜色満面に仲間と手を打ち合っている者たちもいるが、それはアインシュヴェルが再起を図るのを待ち続けていた面々だ。

彼はそんな各々の反応を確かめながら、明瞭な声で続ける。

「俺にとって簒奪王ザラストは、両親や兄妹《きょうだい》、親友、多くのベルフィアー国民を殺した災厄だ。だが、ここにいる騎士たちは、全員がベルフィアーの忠臣。ザラストはこのベルフィアーに恐怖と混乱、奇禍をもたらしたが、その発端は我が父、ローラン王の不明によるもの。我が願いは、同胞同士《どうほう》で争い合うことなく、人々が安寧のもと日々の暮らしを営むことだ。私に父の不明を拭い、挽回《ばんかい》する機会を与えてほしい」

アインシュヴェルの声は深みがあり、穏やかで、人の胸にすっと染み入る響きがある。

その声を聞いていた騎士たちは静まり返っていたものの、誰かが「フリード殿下をお待ちしておりました！」と声を上げたら、その声は怒涛《どとう》のように広まっていった。

もちろん、中にはザラストに忠誠を誓っていた者もいて、苦々しい顔をしている者もちらほら見受けられるが、大多数が彼を歓迎してくれている。

彼らは次々と兜を脱いで地面に放り投げ、剣を収めて勝《か》ち鬨《どき》を上げる。

「フリード殿下！」という叫びが徐々に「アインシュヴェル陛下！」と変わっていくので、当のアインシュヴェルは驚きに砂色の目を瞠っていたが、ヴィオレアが彼の手をそっと取り、掲げさせる。

するとたちまち歓声が爆発して、深夜の王都の空を埋め尽くしてしまった。

第六章

アインシュヴェルが熱狂冷めやらぬバルコニーから大広間に戻ると、あの騎士——アルトゥスが大股に近づいてきて、彼の手をがっしり握ったものだから、ヴィオレアは飛び上がった。

「あっ、あなた……」

彼女を村からさらい、あまつさえザラストの命令を受けて村を襲撃しに行った男だ。

でも、村を殲滅するために向かったはずが、なぜかこの場にいる。

そういえばさっき、討伐隊が引き返してきたと、伝令の騎士が言っていたような……。

アルトゥスは騎士の礼をし、高い位置で縛った銀色の長い髪を揺らしながら笑った。

「昨晩は大変失礼しました、イデアル公爵令嬢。僕はトゥルージャ・ウィン・アルトゥスと申します。まずはご無事でなにより」

「え……っ」

我が耳を疑ってアルトゥスの顔をまじまじと眺め、勢いよくアインシュヴェルを振り返った。

「トゥルージャ……って、アインシュヴェルのお兄さま⁉」

「おや、ご存じでしたか」

「だって、トゥルージャさまは無理って、アインシュヴェル……」

トゥルージャ王子の名を出したとき、彼の表情があまりに悲愴感にあふれていたので、もしかしたら王子はすでにこの世の人ではないのかも——そんなふうに受け止めたのだ。

たしかに、はっきりそう言われたわけではないが……。

それがザラストの臣下として王城に潜り込んでいるなんて、思いもしなかったのだ。

「トゥルージャには何度も、ザラストを倒した後で王座に就くよう打診してきたんだ。でもこいつ、『そんな器じゃない』って、器じゃないのはこっちだってのに……」

アインシュヴェルがぼやくと、トゥルージャは鋭かった表情を緩め、腹違いの弟の肩を叩いた。

「いや、王の器なのは間違いなくおまえだよ、アイン。こっちはいつでも王座を奪い返す準備ができてるのに、いつまでも決断しなかったおまえが悪い。だから強硬手段に出たんじゃないか」

すると、アインシュヴェルは呆れ顔を引き締めて目を細め、険しく異母兄をにらんだ。

「そのためにヴィオレアを危険にさらしたことは、絶対に許せないがな。無事だったからいいようなものの……！」

急に兄弟間に不穏な空気が漂いはじめたので、ヴィオレアは仲裁するつもりでふたりの間に入った。

「強硬手段って、どういうことですか？」

「いえ、あなたをザラストの許へ連れていけば、アインは救出に行かざるを得ないでしょう？　とにかくアインを動かすきっかけが欲しかったんです。以前、街でお会いしたときに、あなたになららアインを揺さぶることができると思ったので」

トゥルージャはアインシュヴェルの兄というだけではない。旅商人に身をやつし、ヴィオレアに短剣を売ってくれたのだ。

「そうだ、なんであんな格好で……」

「定期的にああして情報交換をしていたんです。あとでデューンに聞いたら、アインの恋人だと言うし、これは神がくれた好機だと判断しました。見た目に賢そうなお嬢さんだったし、短剣に興味を持つだけあって、手を見てみれば剣を握る者特有のマメができている。一《いち》か八《ばち》かの賭けでしたが、見事に勝ち抜けました。ありがとうございます、ヴィオレア嬢」

だから、村からヴィオレアをさらったとき、隠し持っていた短剣を見過ごしたのだ。あえて彼女に武器を持たせるために。

「もしアインがそれでもなお尻込みして来ないようなら、そんな腰抜けには用がない。そのときは僕が蜂起するつもりでしたよ。でも、それでもよかったかもしれませんね。そうなったら僕があなたに求婚していたところなので」

トゥルージャがそう言ったら、ものすごい勢いで一撃が降ってきた。アインシュヴェルの剣が、異母兄の足元の絨毯を切り裂いたのだ。

「ふざけんな！」

もちろんトゥルージャはさらっとかわし、ひとしきり笑う。

「選択肢としては全然アリだ」

怒り心頭のアインシュヴェルを横目に、トゥルージャはヴィオレアの手にくちづけて立ち去ったが、ふと足を止めて振り返る。

「あ、それとヴィオレア嬢。あなたの女神のように美しい裸身を見てしまったことは、狭量な弟にはナイショです」

そう言われて、夕食の席でザラストにドレスを引き裂かれ、彼に裸を見られてしまったことを思い出し赤面する。

「なんでわざわざ言っていくんですか！」

抗議したときにはもう、トゥルージャはとっくに広間から逃げ出していた。なんと逃げ足の速い男だろう。

「ヴィオレア、どういうことだ。まさかトゥルージャの野郎……」

「ち、違いますよ!?」

ザラストにドレスを破られたという事情をあわてて話したら、アインシュヴェルのこめかみに血管が浮いたのが見えた。

「あのジジイ、よりにもよって……！　裁判になったら覚えてやがれ」

私怨たっぷりに吐き捨て、アインシュヴェルがあらためてヴィオレアを抱きしめようとしたら、「お嬢さま！」と背後から声がして、今度はイリアが飛びついてきた。

「お嬢さま、ご無事でようございました……！　ほんとに、ほんとにどうなってしまうかと、イリアは生きた心地がしませんでした」

「イリア、無事だったのね！　それにしても、どうやってここに……」

「お嬢さまがさらわれてすぐ、アインシュヴェルさんたちと山を下りて馬でここまで参りました。あの、お嬢さま、アインシュヴェルさんは……」

ふたりの娘の視線を同時に受けたアインシュヴェルは、彼女たちにたくさんの弁明をしなくてはならないことを思い出したようだ。

ヴィオレアも聞きたいことが山ほどあったが、大広間には次から次へと人がやってきて、アインシュヴェルはあっという間にその中心に連れていかれてしまった。

深夜の出来事だったので、城に暮らす多くの人が事態の急変に不安そうな顔をしている。

彼らに事情を説明してひとまず安心させなくてはいけなかったし、未だ火が燻っている王子宮も鎮火させなくてはならない。

中にはいきなり現れた「フリード王子」なる者に不審を抱き、反発する者もいて、彼らの対応にも苦慮している。

「ヴィオレア、あとで全部説明するから、先に休んでてくれ」

アインシュヴェルはヴィオレアに護衛をつけ、最初に宛がわれていた後宮にイリアと共に下がるよう言った。

神経が高ぶっていて眠気はなかったが、ヴィオレア自身も、人質に取られたときにあちこちに痣ができていたり、ザラストの返り血を浴びていたりとなかなか凄惨な姿だったのだ。

浴室でイリアにきれいに洗い上げてもらったら、急に眠たくなってきた。

東の空にうっすらと朝の光が生まれはじめた時間だ。昨晩もろくに眠っていなかったせいもあり、ベッドに入ったら一瞬で眠りの園に落ちていった。

＊

もぞもぞとベッドの中を何かが蠢いて、横向きに眠っていたヴィオレアの身体をぎゅうと抱きしめてくる者がいる。

そんなことをするのはアインシュヴェルだけだし、護衛の騎士がヴィオレアの部屋に入るのを許すのもアインシュヴェルだけだ。

だから、自分のお腹に触れる彼の手の甲に、そっと自分の手を重ねた。

「ヴィオレア、すまなかった」

眠ったままのヴィオレアの赤毛をよけて耳に唇をつけ、彼の声がそうささやく。

「どうして謝るんですか……？」

まだ眠たい目は開かなかったが、彼の手のぬくもりを感じたら頭はすぐに覚醒した。

「身分を偽っていたのは私も同じなので、文句を言うつもりはありません」

打ち明けてほしかったとは思うが、自分自身、公爵家の娘だったことをひた隠しにしていた。

あんなに深く身体をつなげ合っていたのに、ただそれを白状することで、彼から線を引かれてしまうことが怖かったから。

それに、彼だって自分が王子だなんて軽々しく口にはできなかっただろう。

「違う、そうじゃないんだ。俺は――俺の身代わりでアークスを死なせた……。俺が身代わりなんか頼まなければ、ちゃんと自分の義務を果たしていれば、むざむざアークスを死なせたりはしなかった……」

アインシュヴェルは額をヴィオレアの背中に押し付け、声を震わせながらそう言った。

そんな悲痛な彼の声を初めて聞いた。ヴィオレアの身体に回された手も、かすかに震えている。

「どうして身代わりなんて」

そう問うとアインシュヴェルはますますうなだれ、彼女の腹部に触れていた手を固く握りしめた。

「俺は部屋で読書をしたりとか、おとなしくしてるのが苦手だった。そんなことをする暇があるなら、もっと有意義なことがいくらでもできると思ってた。だからあの日、読書の時間にアークスを自分の部屋に招いたんだ。あのときが初めてじゃなくて、よくあるいつもの日常だった。あいつを部屋に残して、自分は街で遊んでいた。視察だとかもっともらしいことを言って……」

そのときのことを思い浮かべたのだろう。彼の全身に力が入るのが、触れる部分から直《じか》に伝わってくる。

「異変に気づいたときには、王子宮から火の手が上がっていた。あわてて戻ろうとしたが、デューンに止められた。中の様子がおかしいから、状況を確認するまでは戻るべきではないと……。結局、城はザラストに占拠され、親兄妹全員が殺された。俺の部屋には当然、俺がいることになっている。アークスは俺の身代わりに殺されたんだ。ヴィオレアの兄が死んだのは、俺の責任だ……！」

背中越しにそれを聞いていたヴィオレアだったが、固く結ばれた彼の拳をそっと撫でた。

「どうしてそれがアインシュヴェルのせいなんですか？　兄はもしかしたら、フリード王子と思われて殺されたかもしれませんが、あの日、王城にいた父も同じ目に遭いました。父はレスランザの血を引いていますし、兄も同様です。レスランザの血を引く人物はことごとく処刑の対象で、私が生かされたのは『将来、ザラストの子を生むための道具』だったからなんです。だからあの日、あの惨禍から逃れる術は、誰にもなかったんだと思います。むしろ、フリード殿下だけでも逃げ延びてくれてよかった――私はそう思っています」

ようやく目が開いたので、ヴィオレアは彼の腕の中でくるりと身体を反転させた。

アインシュヴェルと向かい合わせになると、過剰なくらいに自信家の彼が、世にも情けない顔をしているではないか。

思わず両手で彼の頬を挟み込み、指をすべらせて銀色の髪を絡ませた。

「何より、それを行ったのはザラストであって、フリード王子ではありません。あなたは悪くない。

悪くないことを自分のせいにしちゃだめです。あなただって家族を殺され、居場所を失った被害者なんですから。それよりも、今日までよくご無事でいてくださいました」

頭を撫でてやったら、アインシュヴェルは苦笑の奥に泣き出しそうな表情を隠し、ヴィオレアの肩に顔を埋《うず》めた。

「もしかして、ザラストを打倒した後に王座に就く者がいないと言っていたのは――そのせいですか？　自分の身代わりに、アークス兄さまを死なせてしまったから、と？」

返事はなかったが、彼は小さくうなずいた。銀色の美しい髪がさらりと揺れる。

「適任者がいないだなんて、あなたがいるのに他の誰が引き受けるものですか。トゥルージャさまは当時、とうにベルフィアーを出奔なさっていたし、フリード殿下が健在だったからこそ、王都にもたくさんの協力者がいたんでしょう？　そして、八年間もザラストに生存を疑われることもなかった。それはあなたの人望の賜物《たまもの》です」

「……買いかぶりすぎだ」

「自己評価が低すぎますね。あの自信満々なアインシュヴェルはどこへ行っちゃったんですか？いくら陰でトゥルージャさまが画策していたこととはいえ、昨日の今日で城を取り返したんです。それって、みんながあなたの決断を待っていて、いつでも動けるように準備を万全に整えてくださったからではないですか？」

「そう、だな」

「ちゃんと自分の義務を果たしていれば――さっきそうおっしゃっていましたが、王座に就くのはアインシュヴェルの義務です。いいですか、兄はきっと怒っていないし、私もフリード殿下に何らかの責任があるなんて思っていません。私の兄を、そんな狭量な人物と見くびってもらっては困ります。むしろ、殿下が助かってよかったって、絶対に思ってるはずです！」

「お、おう……」

かなり饒舌《じょうぜつ》に畳みかけてしまったが、アインシュヴェルの脆《もろ》い一面を知って、彼をこのまま沈ませてはいけないと思った。

臣下はいたが、同等の立場で相談できる人はアインシュヴェルにはいなかった。

あの惨劇が起きたとき、彼は十五歳の少年だったのに。

自信満々に見えたその裏で、ひとりでたくさん悩んで迷って苦しんできたのだろう。兄への罪悪感で、自らを縛って。

アインシュヴェルの腰まわりに刻まれた茨の鎖はきっと、その罪悪感の形。

ヴィオレアは彼の着ている簡素なシャツの釦を外すと、アインシュヴェルの引き締まった腰から腹部に描かれている、刺々しい茨の上に唇をつけた。

「ヴィオレア……っ？」

ちゅっと強めに吸うと、彼の腹部にほんのり小さな赤い花が咲く。

「もう鎖はいらないから、花でいっぱいにしませんか？」

身体を起こすと、茨の紋身《タトゥー》にかぶせるよう、たくさんのキスで彼の肌に花を咲かせていく。

「私もアインシュヴェルを支えるから、ずっと一緒にいるから、緊張感でがんじがらめになったこの国の鎖、解きませんか？」

肘をついて上体を浮かせたアインシュヴェルは、ヴィオレアが腰回りにくちづけを続けるのを黙って見ていた。

「俺を許してくれるのか？」

砂色の瞳で強くみつめられ、ヴィオレアは彼の頬にやさしく触れた。

「あなたに罪はないと思うけれど、許しの言葉が欲しいなら何度でもあげます。全部、許します。自分のことであなたが苦悩してると知ったら兄もきっと悲しむから、アークス兄さまが心残りなく旅立てるように、アインシュヴェルの心の中の鎖も全部、解きましょう」

彼の頭を抱き寄せ、唇を塞いで食みながら、アインシュヴェルの身体を横たえてヴィオレアが覆いかぶさる。

唇の間から舌を挿し込み、口中で指をつなぐみたいに絡め合わせると、心臓がとくとくと鳴り出した。

仰向けになった彼のあたたかな手がヴィオレアの額に触れ、前髪をかきあげながら接吻《キス》にのめり込んでいく。

ヴィオレアもまた、彼の胸元に手を伸ばし、はだけたシャツをすこしずつ脱がして腕から抜いていった。

鍛え抜かれた筋肉質な上体が露になると、ヴィオレアは脇腹の鎖を指先で辿り、それを解くように愛撫を加える。

くすぐったいのか感じているのか、繰り返されるキスの合間からアインシュヴェルの熱い呼吸音が漏れるから、それを聞いて陶然としてしまう。

ふと、彼の手がヴィオレアの両肩をやさしくつかみ、わずかに遠ざけた。

「ヴィオレア、俺は簒奪はしない。俺はあくまで第二王子であって、そもそも王太子ではなかった。簒奪者を倒したからって、王位に就く資格そのものがない。今回の騒ぎは私怨の延長だと思ってる。ザラストは裁判にかけるが、その結果がどうなっても——俺の隣にいてくれるか？」

念を押すように問われ、ヴィオレアは彼の裸の胸にすがりついてうなずいた。

「もちろんじゃないですか。アインシュヴェルが国王になろうと、行商人になろうと、どこまでも一緒に行きます。いたいです」

そう返したら彼はひとしきり笑い、ヴィオレアの肩に額を当てた。

「それはそれで悪くないな」

「アインシュヴェルは色んなことに詳しいですし、人当たりもいいし、言いがかりつけてくる人にも絶対負けないと思うし、商人も意外と合ってる気がします」

「選択肢に入れておく」

目を見て笑い合うと、目を細めたアインシュヴェルがヴィオレアの鎖骨にくちづけ、真新しい寝衣の胸元をくつろげていく。

「ヴィオレアの肌にも、花を咲かせてやりたいな」

「いいですけど……でも、もういっぱい咲いてますよ？」

思えば、老侍女にアインシュヴェルのキスの痕を見咎《みとが》められて、あの騒動に発展したのである。元凶はアインシュヴェルだ。

「好きな女に自分の印をつけたいと思うのは、当然の欲求じゃないか。その件だけでもザラストは極刑モノだな」

私怨すぎて笑ってしまうが、「好きな女」と彼に言われるのはとてもくすぐったかった。

「私も、好きな男性にキスの痕をつけられるのはとてもうれしいです――」

そんな煽り文句にアインシュヴェルはさっさと乗せられ、ヴィオレアの上体から薄布を剥がしながら、やわらかな肢体にたくさんのキスを刻みはじめた。

「あ……っ、でも、イリアに見られちゃうから――ほどほどに……」

村にいる間は、自分のことは自分でやるのが約束だったので、着替えその他なんでもひとりでこなしてきた。でもこうして城にあって、公爵家の娘という立場に戻ったからには、入浴着替え、なんだってイリアが世話を焼こうとするだろう。

さっきだってここへ戻ってきて、浴室で見られている。

ただ、ヴィオレアが無事だった喜びが勝っていたし、なにより返り血を洗い流すという非日常にイリアのほうが半泣きだったので、深く追及されることはなかった。

「そんなの、見せつけてやれ。イリアだって男を知ったら、そんなうるさいこと言わなくなる」

言いながらヴィオレアの腰を抱き寄せ、舌先で胸を辿り、やわらかなふくらみにくちづける。

「あん……っ、ね、キースさんて、イリアのこと、好きなんですか……？」

最初に会ったときから、彼はイリアにとても親切に見えたし、何かと話しかけたりしていたし、イリアもたぶん彼には真っ先に慣れたと思うのだ。

その様子を見たヴィオレアは、自分ひとりだけがあの村に居場所がない気がして、つい淋しくなったりしたものだが……。

「他人の色恋には興味ないな。今、ヴィオレアが気にするのは俺だけでいい」

言うなり彼の手がヴィオレアの寝衣をすべて剥ぎ取っていて、投げ捨てられた布が音もなく床に落ちる。

お返しとばかりに、アインシュヴェルの腰から下衣を引きずり下ろし、見事な裸身をさらけ出した。

重たい板金鎧を着けて、あれだけ激しく動き回っていたからだろう。あちらこちらに青痣ができていたが、彼の肉体に野性味を加えるための飾りにすら見える。

「ヴィオレア」

彼の手に腕を引かれ、気がつけばアインシュヴェルの身体に上から重なっていた。いつもと体勢が逆になってしまってあわてたが、熱い手に触れられていくうちに、上からかぶせるようにくちづけていた。

するると、自分の行動ではないみたいに、自ら彼の唇を貪っている。上になるというのは、こういう気分にさせられるのかもしれない。まるで、自分が主導しているような——。

キスをしながら、アインシュヴェルの胸や腹部に手のひらを当てる。

すると、彼の喉から悩ましい声が漏れ聞こえてきて、ますますヴィオレアの胸を昂らせた。触れる手が熱い。執拗にくちづけを落とす唇も、重なり合う肌も、まだはじまったばかりだというのに全身が溶け合うほどに反応して、身体の芯がしっとりと濡れた。

撫でて撫でられて、食まれて食んで、深まるたびにやるせない吐息があふれる。

アインシュヴェルの広い胸に手を当て、苦しくなるほどの深いくちづけに溺れていたら、彼の手のひらが太ももを弄《まさぐ》ってくる。

お尻の丸みを持ち上げるように手で掬いながらそっと内側に侵入してくるが、ヴィオレアの中はもうしっとりと湿り気を帯びていて、彼の訪れを待ち焦がれていた。

「んんッ」

指先が敏感な蕾に触れた途端に、腰がビクンと跳ねた。

剥き出しの花芽をやさしくねっとりと愛撫されると、身体がそれを悦び、歓迎の蜜を男の指に絡めていく。

「あ——あぁあっ、それ、気持ちぃぃの……！」

アインシュヴェルの身体に跨り、その胸に手をつきながら腰を揺らすと、アインシュヴェルの大きな手が短い赤毛をやたらと梳いていく。

「もうずぶ濡れだ……とろとろ」

指が動くたびに恥ずかしい音が鳴り響き、ヴィオレアを耳から官能に堕としていく。

もっと快感を得ようと、身体が勝手に動いてアインシュヴェルを受け入れていたら、偶然にも内股に硬い肉塊が触れてしまった。

その正体を頭の中で思い描いたヴィオレアは、恥じらうより先に、自分の足の間でそそり立つ雄芯に手を伸ばしていた。

「あ——」

熱く脈打つ男性の棘。

アインシュヴェルの掠れた声を聞きながら、すこし意地悪な気持ちできゅっと握りしめ、やさしく前後に扱《しご》く。

同じ人間の肉体とは思えないその突起は、ヴィオレアの白い手の中で擦るたびに硬さを増していって、アインシュヴェルから荒々しい吐息を引き出すことに成功した。

彼も負けじと、ヴィオレアの敏感な割れ目を弄ることに集中する。

「あぁ……っ」

ふたたび相手の唇に重なって、荒々しく求め合いながら感じやすい部位を愛撫していると、無性にそこに熱が欲しくなった。

「アインシュヴェル……」

すこしだけ顔を離し、朱色に染まった唇をわずかに開いたヴィオレアは、自分の意思で、彼の棘の先端を蜜のあふれる場所へと導いていた。

「挿れてもいい……？」

「ああ――」

思えば、自分からねだったのはこれが初めてかもしれない。きゅっと握りしめた剛直を、濡れそぼった膣に導き、じわじわと自重で埋めていく。

焦らしているわけではないが、アインシュヴェルとつながる瞬間をじっくり感じたくて、ゆっくりゆっくり腰を落としていった。

でも、彼のほうが感じ入った甘い吐息をついている。

やがて、根元まで彼の昂りを呑み込んでしまうと、ヴィオレアは頬を染めてアインシュヴェルをみつめ、厚い胸にふたたび手を置いた。

お腹の中に、彼の熱を感じる。わずかに腰を前後に揺らしてみると、心地よさそうにアインシュヴェルが吐息をつく。

重なり合う繁みに、滲《にじ》み出《で》た愛液が絡まってひどく淫猥な光景だ。でも、その秘めごと感にますます感じ入ってしまい、今度は身体を上下に動かしていた。

しとどに濡れた朱い粘膜に、たくましい男根が擦れる様がまざまざと見える。そのたびに蜜の鳴る音がヴィオレアの気分を非日常へと連れていった。

「や――止まんない……っ」

勃ち上がった楔に内側を刺激されて、奥を突かれて、ひどく気持ちいい。

アインシュヴェルもそれを手伝って、ヴィオレアの腰を下から跳ね上げるように動かしてくるから、豊か――とまでは言わないまでも、甘いふくらみが揺れて彼の昂奮を煽った。

「今日はいやに積極的だな」

「だって今日は……、私が、アインシュヴェルを、慰めて……あげる日だから」

彼から応えはなかったが、見たこともないやわらかな笑顔でヴィオレアを見上げていた。

両手で揺れる胸を持ち上げられ、硬くなった先端の蕾を指でこね回されて、身体の芯がきゅんと締まる。

ヴィオレアを上に乗せているから重いだろうに、彼の強靭《きょうじん》な身体はまるで重みを感じていないみたいに、力強く彼女の腰を突き上げる。

「はあっ、あぁ――っ、奥……っ」

自分で動くつもりだったのに、アインシュヴェルの本気に火が点いてしまうと、ヴィオレアにはもうなす術がなくなる。

ゆさゆさと揺さぶられ、上体を起こした彼の口にふくらみを咥えられ、背中や脇腹を愛撫されて、どんどん何かがせり上がってくるのを感じていた。

「アインシュヴェルが好き——ひぁっ、ああ——あっ、あぁっ」

「——最高の慰めだ」

感慨深そうにつぶやくと、ぎゅうっとヴィオレアの身体をきつく抱きしめる。同時に、彼の棘を呑み込んだ場所がびくびくと震え出し、それを激しく食い締めていた。

「……ぁっ！」

強い快感が瞬時に全身に広がり、ヴィオレアの思考を空っぽにしてしまう。

この至福の一瞬は、アインシュヴェル以外の人物とは得ることができない特別な時間だ。

いっぺんに身体から力が抜け、乱れた呼吸が胸を上下させる。

それを甲斐甲斐しく世話されるのも好きだった。ヴィオレアが達すると、彼はたいていやさしく抱きしめてくれて、瞼や頬にくちづけ、安らぎの時間を作ってくれるのだ。

——ときどき、絶頂の最中《さなか》にも欲望をぶつけてくることはあるが。

ヴィオレアだけが果てた今も、まだ彼自身の昂りは収まっておらず、彼女の中を貫いたままだ。

しっとりと汗ばんだ肌を、アインシュヴェルの指がなぞっていくのを他人事《ひとごと》のように感じているが、くすぐったくて身をよじる。

　でも、現実に立ち返るとともに突然怖くなってきて、横向きにアインシュヴェルに抱きつき、彼の胸に顔を埋めた。

「どうした。そんなに俺のことが好きか？」

　照れたのか、アインシュヴェルは茶化すように言うが、ヴィオレアはこくんとうなずく。

「ザラストにね――もしアインシュヴェルの子を孕んでいたら、堕胎させるって言われたの。私、今まで自分が妊娠するなんて思ってもみなかったけど、そう言われたとき、絶対にそんなことさせないって思ったわ。私、アインシュヴェルとの子供なら産みたいもの」

　しばらくアインシュヴェルは黙り込んでいたが、恐る恐る身体を離し、ヴィオレアの顔を覗き込んだ。

「……もしかして、そういう兆候があるのか？」

「ううん、そういうわけではないけれど！　昨晩、ザラストには堕胎だなんて言われてすごく怖かったし腹立たしかったけど、でもあいつから私を守ってくれたのは、やっぱりアインシュヴェルだった。あなたとこうして身体で結ばれていなかったら、妊娠の可能性がわずかでもなければ、昨晩のうちに――されてたかもしれないから……」

　食事の席でドレスを切り裂かれて他人に身体を見られたことも、あのときは茫然としていたこともあって反応は鈍かった。

でも、アインシュヴェルの腕の中という絶対に安全な場に帰ってきたら、今になって急に屈辱と恐怖を感じたのだ。

「……俺がもっと早く腹を決めていれば、ザラストの標的にならずにすんだのかもしれない。本当に悪かった。それに、俺がうじうじしていたせいで、不幸や恐怖を味わった人が他にもたくさんいるのかもしれない――」

「あ、そういう意味じゃないの。アインシュヴェルにだってたくさんつらいことがあって、たぶん誰よりも悩んだと思います。それに、人の上に立つってかんたんなことじゃないし、たくさんの人の期待を一身に背負うのは、生半可な気持ちでは無理だって、私にもわかるわ」

彼の銀髪に指を絡め、またくちづけながらその耳元に唇を寄せると、こっそりささやいた。

「アインシュヴェルが何をどう決断しても、私はずっと隣にいるから。そして、いつかあなたの子供が欲しいって思ったの……。これはたとえ話だけど、もし子供ができたって言ったら、どうしますか……？」

恐る恐る尋ねてみると、アインシュヴェルはなぜか頬を真っ赤にして、ヴィオレアの目を強く見据えてきた。

「そんなの――今すぐベルフィアーの王位を簒奪して、ヴィオレアには国中のうまいもんを献上させて、生まれたら王国中に毎日祝砲を撃たせるに決まってるだろ！　期待するじゃないか」

想像とはちょっと違った方向の返答に目を丸くしたが、ヴィオレアはくすくす笑い出した。だが、彼は冗談口を収めると、いやに真剣な顔で彼女の肩を抱き寄せる。

「俺の妻になれ、ヴィオレア。王位どころか、行商人の花嫁になる可能性もあるが——。まあ、いやとは言わせないけど」

「それでもいいです。アインシュヴェルと一緒なら、どこでも楽しく過ごしていけそうだもの」

「じゃあ、子供、できてもいいんだな？」

「はい——」

額同士をこつんと当てて笑い合うと、どちらからともなく唇を重ねてひとつになっていく。

——窓の外に淡い陽射《ひざ》しが輝き出しても、甘い時間の終わりにはまだまだかかりそうだった。

終章

行商人――とは違ったが、アインシュヴェルはその後、希代の商人王となって、つつがなく王国を回している。

王城を追い出されてから帰るまでの八年間、腕っぷしのみならず、産業、経済、運送など、国の運営に関わるさまざまなことについて肌で感じ、目で確かめてきた。

そこで得た知見を国家運営の糧にして、緊張感に包まれていたベルフィアーを自由な商業王国へと発展させていったのだ。

かつて彼が剛腕で鳴らしていたならず者だったなんて、誰も信じないだろう。


アインシュヴェルがザラストを打ち負かした後、たくさんの事後処理に追われて忙しくしていたが、一年後にはザラストの処刑が決まり、執行後に新生ベルフィアー王国の国王として即位することになった。

戴冠式と結婚式は同時に行われた。アインシュヴェルが即位してまず行ったのは、ザラストの叛逆で亡くなったたくさんの人々の追悼だった。

あの惨劇の日から、表立って弔うことができなかった彼らの魂を、ようやく儀式として黄泉《よみ》に送り出すことができたのだ。

そして即位から一年の後《のち》、ヴィオレア王妃のお腹には待望の第一子が宿っていた。

ベッドの上で、臨月になって真ん丸になった妻のお腹をやたらと撫でるアインシュヴェルの顔からは、あの山中の村で潜伏していたときの鋭さがすっかり失われていた。

相変わらず騎士団相手に訓練は欠かさず、その剣技はますます冴え渡っているが、背負っていた重荷をだいぶ下ろしたせいか、以前にも増して生き生きとして表情も豊かになっていた。

人当たりの良さの中に見え隠れしていた近寄りがたさも、今ではすっかり影を潜めている。

「最近、ずいぶんおとなしくなったな」

先日までは、胎児が暴れまくっていて、目に見えるほどぐにゃぐにゃとヴィオレアのお腹の形を変えていたものだが、この二、三日は途端に静かになってしまったので、彼のほうが不安そうな顔をしている。

「十分育ったから、お腹の中が狭くなってたくさん動けないんですって。もういつ産まれてきても大丈夫って産婆さんが言っていたわ」

「男か女か——どっちでもいいけど、早く顔が見たいな！　祝砲、いくらでも撃てるようにたっぷり準備してるからな！」

「赤ちゃんがびっくりしちゃいませんか？」

「大丈夫だ、城から離れたところに砲台を設置したから」

「本気ですか……」

ヴィオレアの懐妊がわかってからというもの、アインシュヴェルは本気で国中から滋養のあるおいしい食べ物を城に運ばせて、せっせとヴィオレアの体重を増やし、産婆に叱られていた。

「産着も襁褓《むつき》も、世界中から選《よ》りすぐって準備してある。ヴィオレアは余計な心配せずに、出産のことだけ考えてればいいからな」

真ん丸のお腹に乾燥防止用のオイルをたっぷり塗りながら、アインシュヴェルはヴィオレアの左の腰骨の上あたりに刻まれた、白い茨の花も一緒に撫でた。

彼の腰に刻まれた茨の鎖の上には、今では赤い花が一輪、咲いている。

いつまでも彼が罪悪感を持ち続けることを良しとせず、ヴィオレアもお揃いで、結婚式の前にそれぞれ一輪花の紋身《タトゥー》を入れたのだ。

指輪はあるが、これが本当のふたりの誓いの印。

アインシュヴェルはその花にくちづけ、妻の顔を見上げてまぶしそうに笑う。

「今後、祝い事があるたびに花を増やそうかな。これは結婚の証、子供が生まれたらもう一輪」

「すてき、私もお付き合いします。将来、花束になったらどうします？」

彼の腕に抱きかかえられて一緒に横になり、額を重ねて笑い合う。

「花束どころか、花畑にしたいよ。肥《ふと》って花がふくらんでも、年取って萎《しお》れ花になっても、俺たちの永遠の幸せの印に――」

紙書籍限定
ショートストーリー

休日前夜が一番たのしい

アインシュヴェルがベルフィアー王城奪還を成功させてから、早くも二ヶ月が経過している。

入城してからこっち、事後処理のために城中、王都中がバタバタしていて、忙《せわ》しない日々が続いていた。

ひっきりなしに人が出入りし、何かしらの報告を携えてアインシュヴェルの許を訪れるから、彼もその対応に追われ、ほとんど国王と変わりない仕事をこなしている。

旧王家の生き残りは彼だけだし、王族の血を引くアインシュヴェルを押し退けてまで、「この混乱したベルフィアーを立て直してやる!」という野心やら気概やらを持つ者はさすがにいなかった。

統率力、求心力などなど、たくさんの能力を必要とする国王代理は、結局、アインシュヴェルにしか務まらないらしい。

おかげで、同じ城にいながら、何なら同じ部屋で起居まで共にしていながら、ヴィオレアとさえ顔を合わせる時間が極端に減ってしまっている現状だ。

部屋に戻るのは日付が変わってから……という体たらくである。

最初の頃は、ヴィオレアも起きて待っていてくれたが、連日夜更かしになってしまう。

先に休んでいるようヴィオレアを説得したら素直に聞き入れてくれたが、おかげでこのところ寝顔しか見られていない。

正式に結婚していれば、会食などはヴィオレアにも同伴してもらうことができるのだが、きちんとした式も挙げないうちに公務などさせるわけにはいかない。

しかし、命令・連絡系統の確立、実務担当者の任命、城奪還のときに破損した城内の修復もあるし、ザラストの裁判の準備もしなくてはならず、しばらくは結婚式どころではなかった。

今夜も、寝室に戻った頃には日付が変わっていた。

広々とした寝台に目を向けると、ヴィオレアがこちらを背にして、丸くなって眠っている。

湯あみを済ませたのでガウンを羽織ってきたが、それを脱いで下衣だけの姿になると、アインシュヴェルはベッドにもぐり込んだ。

自分の胸にヴィオレアを背中から抱き込むと、すこし伸びてきたやわらかな赤毛に顔を突っ込み、大きく息を吸い込む。

すっかり馴染《なじ》んだ彼女の匂いと抱き心地と温度に、ようやく身体を休めてもいいのだという安堵《あんど》を覚え、ため息をついて目を閉じた。

「……アインシュヴェル？　お帰りなさい」

寝ぼけ眼のヴィオレアが顔をこちらに向け、身体をくるりと反転させてアインシュヴェルの裸の胸に寄り添ってくるから、その頭を撫《な》でて頰《ほお》にくちづけた。

「ただいま。悪かったな、起こして」

「ううん……私は毎日たくさん寝てるから大丈夫。アインシュヴェルこそ、夜は遅いし朝も早いし、ちゃんと休めてないでしょう」

半分眠りながらも、ヴィオレアが頬に手を伸ばしてくる。

その手を取ってくちづけながら、アインシュヴェルはもう一度彼女の身体をぎゅっと抱きしめた。

ふわっとやわらかくてあたたかくて、寒い朝の布団のようにいつまでもぬくぬくしていたくなる。

「明日は何も予定を入れてないから、たまにはふたりで出かけないか？」

赤毛の間から覗《のぞ》く、あたたかな耳元にささやきかけると、ぱっちりとヴィオレアの瞼《まぶた》が開いた。

「え？　ふたりでお出かけ？　ほんとに!?　どこ行くの!?」

榛《はしばみ》色の瞳が驚きに見開かれる。

城に乱入した日から今日までずっと働き通しで、ヴィオレアにほぼ関われていない。いくら彼女が物分かりのいい女性だからといっても、将来を約束したばかりでほったらかしにしていたから、ずっと罪悪感があったのだ。

「前に村近くの街に行ったときも楽しそうにしてただろ？　だから王都を冷やかしに行こうかと」

「そんなことして大丈夫なの？」

「城内はドタバタしてるが、市街戦をやったわけじゃないし、街はそれほど大きな変化もなく平和だ。王が代わろうと国が変わろうと、人の営みはそう変わるもんじゃないからな」

すると、完全に目が冴《さ》えたらしく、ヴィオレアが大喜びでアインシュヴェルに抱きついてきた。

「うれしい！　私、王都を歩いたこと一度もないの。楽しみ！」

以前、山村に潜伏していたとき、短い時間だったが街歩きをしたことがあった。あのときもヴィオレアはやたら楽しそうに散策していたから、王都ならもっと楽しめるだろう。

アインシュヴェル自身、子供の頃によく楽しみに練り歩いた街だ。もっとも、街歩きをしている際に惨禍が起きたので、多少の罪悪感も残っている。

でもそれ以上に、幼い頃から軟禁状態にあったヴィオレアに、楽しみを色々教えてやりたかった。

……この調子でいったら、彼女が王妃になることは既定路線だから、自由の利く今のうちに。

「楽しみすぎて、眠気がどこかいっちゃった」

自分の腕の中でにこにこしている恋人があまりにかわいくて、アインシュヴェルはヴィオレアの首筋に顔を突っ込んで、甘い香りのするそこを舌でなぞった。

「やんっ」

不意打ちだったせいか、ヴィオレアがひっくり返った声を上げたが、そのままちゅっと吸いついてキスの痕をつけた。

「あっ、見えるとこはダメ……」

「見えないとこならいいんだ？」

そう言いつつヴィオレアを仰向《あおむ》けにして、寝衣を肩からずり下ろす。

このところ寒くなってきたので、夏の頃みたいに肌は見せていなかったが、白い絹に包まれていた柔肌を露出させると、たまらなくアインシュヴェルの欲望を煽《あお》ってきた。

素直に欲に従い、鎖骨の下や乳房に唇で触れ、いくつもの小さな痕をつけてみると、ヴィオレアが熱いため息をつく。

「い、今から……？　もう遅いのに」

「明日は休みだ。かわいい恋人が目の前にいるのに、ここのところずっとお預けだったから、そろそろ限界。いやか？」

一応、可否の確認はするが、ヴィオレアが拒否してくることなどないと決めつけている。そしてやはり、彼女は頬を染めながら首を横に振って承諾をくれた。

下着を外し、目の前に現れたふんわりした淡い色のふくらみに、吸い寄せられるみたいにくちづける。

やさしい肌の香りと弾力を感じ、たちまち下腹部がそそり立った。

それに呼応するようにヴィオレアの唇から甘えた声が漏れて、乳房を舐《な》めしゃぶるアインシュヴェルの髪に彼女の指が絡んでくる。

「あぁ……」

ヴィオレアのついた息は、寝息と吐息の真ん中くらいだろうか。

男に身体を好きにされているのに、彼女は完全な信頼を自分においてくれていて、無防備にしどけない姿を見せてくれる。

今、こうして生まれた城に戻って、国を取りまとめることができるのは、すべてこの女性のおかげなのだ。

ヴィオレアがいなければ、まだあの山の中で進展のない日々を繰り返していたかもしれない。

アインシュヴェルにとって、ヴィオレアの存在は奇跡みたいなものだ。

あの世にいるアークスが、いつまでも腹を決められないでいるアインシュヴェルを見かねて、妹を彼の前に連れてきてくれたのだろうか。

朱色に染まって硬くなりつつある頂を、舌と上あごで挟んで刺激しながら、寝衣のスカートをたくしあげ、下着ごしに恥丘を撫でてみる。

すると、途中まで脱がされ、あられもない格好にされてしまった華奢《きゃしゃ》な身体が、ぴくりと反応した。

ヴィオレアが「んっ」とアインシュヴェルの情欲を掻《か》き立《た》てる声を上げ、恥じらって脚を閉じようとするから、すかさず膝を両脚の間に押し込んで阻止してやる。

「いいんだろ？　なんで邪魔するんだ」

「いいけど、それとこれとは、話が別なの……」

思わず意地悪く笑って尋ねたが、ヴィオレアが恥ずかしがる気持ちはわかる。実際、こうして身体を重ねるのは半月ぶりくらいだからだ。

このところ、深夜に戻ってきたら、眠っているヴィオレアを抱きしめたりキスしたりでなんとか留《とど》めていたが、お許しが出たからには遠慮はしない。

閉じようとした脚の隙間に手を突っ込んで、やはり下着の上から割れ目に沿って指をなぞらせたら、じわ……とあたたかい愛蜜が滲《にじ》んできた。

ヴィオレアが自分の愛撫《あいぶ》に応えてくれるのを感じると、愛《いと》おしさもひとしおだった。

「あぁっ、んっ！」

布を食い込ませながら秘裂の中の花芽を押し潰し、指先を小刻みに動かすと、強くしがみついてくる。

細いが、見た目より力のある腕に抱きつかれるのが、殊のほか好きだ。

彼女が自分を求めてくれている気がするし、まるで縋《すが》りつかれている気になれる。ヴィオレアは他の男にこんなことはしない。

つまり、アインシュヴェルの独占欲を心行くまで満足させてくれるのだ。

揺さぶりを続けていたら、あふれた蜜が薄布を越えて、彼の指先を濡《ぬ》らしはじめる。それと同時に、彼の愛撫が届きやすいように、ヴィオレアが無意識に膝を立てていた。

「かわいい」

「ぁ――っ、ああッ!!」

濡れた下着の横から指を挿し込み、とろとろに濡れそぼった割れ目を直接さわったら、ヴィオレアの全身が跳ねた。

熱に巻き込まれた指で、ぬるついたしこりを愛撫する。後から後からあふれてこぼれる蜜で、指だけではなく手のひらまで濡れるが、構わずに手全体で秘裂を覆って揉《も》みしだいた。

ぐちゅぐちゅと卑猥《ひわい》な音が立ち、そこにヴィオレアの甘い嬌声《きょうせい》が重なって、ベッドの上はたちまち濃厚な空気に包まれる。

「あ、やぁああっ、や……！　アインシュヴェル……っ」

途中まで脱がした寝衣からぽろりとこぼれる胸が揺れ、捲《まく》れ上がったスカートの下では、アインシュヴェルの指に犯された花園が泡立つほどに乱れている。

なんともいえない淫靡《いんび》な様子に、欲の溜《た》まった下半身が疼《うず》いた。日頃の疲れなど、あっという間にどこかへ吹っ飛ぶほどに――。

愛撫を続けながらヴィオレアの開いた唇を塞ぎ、存分に舌を絡ませて味わうと、彼女もそれに応えて、アインシュヴェルに舌を重ねてきた。

どこまでもかわいくて、誰の目にも触れさせたくないとまで思う。

「ヴィオレア――愛してる」

「え……っ」

額を寄せてつぶやいたら、彼女の愛らしい顔が驚き、次いでとろけるほどの笑顔になった。

好きだとは何度も言ったが、愛してるなんて言葉にしたのは初めてかもしれない。勝手に口をついて出てきてしまったのだ。

ヴィオレアが何か言おうとしているが、急に恥ずかしくなった。急いでキスして文字どおりヴィオレアの口を塞ぐと、彼女の下腹部を覆っていた邪魔な下着を外す。

彼女の両膝をつかんで左右に押し広げ、強制的に秘所が丸見えになるよう、己の身を割り込ませた。

身体を起こして一息つくと、とめどなく蜜をこぼして濡れる秘部が、カーテン越しに射《さ》し込《こ》む月光に照らされ、ぬらぬらとあやしく艶《つや》めいてみせた。

いよいよ昂《たかぶ》りが最高潮に達した。早くも先端には白濁が滲んでいて、それを彼女の中に埋没させたら、たちまち果ててしまいそうだ。

自分を焦らすよう、楔《くさび》を埋めるのではなく、淫らな蜜を湛《たた》えた割れ目に顔を寄せて、舌で愛撫をはじめた。

「んあぁっ、それ、いや……っ」

丁寧に蜜を舐め取りながら敏感な粒を舌先でくすぐってやると、ヴィオレアが腰を反らして啼《な》く。

宙に浮いた足指をきゅっと握り、手で彼を押し退けようとしてくるが、その手に力が入っていないことはもちろん知っていた。

「どうしていやなんだ？」

「は、恥ずかしいから、に、決まって……っ！」

吐息を吹きかけながら、ぷっくりと充血した粒に唇で食らいついたら、泣きそうな声でヴィオレアが甘い悲鳴を上げる。

さらに追い立てるよう、はむはむと咀嚼《そしゃく》する真似事《まねごと》をしながら、蜜孔の縁に指を宛《あて》がって指を挿し込むと、浅い場所で抜き挿しを繰り返した。

「ふぁ、ああんっ、だめぇ、あ、あっ、いっちゃ——」

口元を押さえて悲鳴を呑《の》み込《こ》みながら、ヴィオレアが軽く果てた。

全身を硬直させ、内側から迫る快楽をやり過ごす姿を見ていると、自分の下腹部がビキビキと張り詰めて、痛みすら感じる。

やがて、絶頂感が収束したらしく、彼女の身体が弛緩《しかん》した。

その瞬間、立ち膝になったアインシュヴェルは、ヴィオレアの腰を持ち上げ、淫らに痙攣《けいれん》している花芽に亀頭を擦りつける。ぬるぬるしていて、気持ち良すぎて肌が粟立《あわだ》った。

「ふぁあぁ……」

ヴィオレアの震える嬌声に誘われて、甘そうな蜜をこぼす口に先端を宛がい、我慢できずに一気に深くまで埋め込んだ。

「…………んッ」

声も出せないまま彼女の身体が跳ねたが、強引に分け入ってきたアインシュヴェルを受け止めて、たちまち果ててしまった。

何度も愛し合ってきたが、経験豊富と言えるほどにヴィオレアの身体は慣れていない。しかも、ここ最近はご無沙汰だったせいで、膣《ちつ》内は狭くきつかった。痛みがあったかもしれない。

でも、柔肉に押し包まれた男根が、襞《ひだ》に絡みつかれてきつく締め上げられる。魂を引っこ抜かれそうな快感だった。

「は、ぁ――」

身体の芯が震えるほどの一体感に、雄芯が熱くとろけそうだ。

天国が本当にあるとしたら、きっとこんな感覚なのではないだろうかと思えるほど、ひたすら気持ちいいのだ。

ヴィオレアの伏せられた睫毛がぴくぴく揺れているが、アインシュヴェルが頬を撫でるとうっすら瞼を開き、潤んだ目でアインシュヴェルを見上げる。

「いっ、ちゃった……」

貫かれただけで果てたことを恥じらっているのか、彼女は顔を真っ赤にしてアインシュヴェルから目を逸《そ》らした。

でも、荒々しい呼吸で胸が上下し、ふんわりしたふくらみが揺れている様はひたすら目の毒だ。

「そんな気持ちよくなられたら、どこもかしこも、俺だけのものにしたくなる――」

まだアインシュヴェルの楔をがっちり咥《くわ》え込んでいる蜜孔に、さらに自身を深く押し込みながら、つんと尖《とが》った愛らしい胸の頂を口に含んだ。

腰を揺らして中をかき回し、硬くなった粒にやさしく歯を立てて舌先でくすぐる。

「あぁっ、まだ、ダメ――！　これ以上……は、おかしく、なっちゃ……っ」

「ヴィオレアの中、気持ち良すぎて、止まれない――」

抜き挿しする結合部からは、えも言われぬ淫猥《いんわい》な音が立ち、それにヴィオレアの理性を失った嬌声が重なると、彼をどんどん追い立ててくる。

アインシュヴェルの身体の下で悶《もだ》え乱れるヴィオレアに、征服欲がまっすぐ向かった。

彼女の右脚を肩に担ぎ上げ、身体を横向きにさせて奥を突くと、これまでと当たる場所が変わって、新たな悦楽によがり声を上げた。

「は——ぁ、も、激し……っ、っあぁぁ！　や、ぁ……」

言葉にならない声を漏らし、ベッドに突っ伏して悲鳴を呑み込んだヴィオレアは、またアインシュヴェルの棘《とげ》をきゅうきゅうと締めつけてくる。

「う——」

必死に吐精を堪《こら》えるが、熱い襞のうねりに巻き込まれ、耐え切れずに彼女の中に精を吐き出していた。

ヴィオレアを穿《うが》った杭《くい》がドクドクと蠢《うごめ》き、生気ごと搾り取られる錯覚に陥る。

いや、実際に精も生気も奪われていく気分だ。でもそれが、身震いするほどの快感で——。

並んで身体を投げ出し、なかなか抜けない絶頂感に浸って目を閉じた。

「……アインシュヴェルのえっち」

ようやく呼吸が落ち着いてきた頃、ヴィオレアが照れ笑いをしながら胸にしがみついてきた。

心身ともにどうにか平常に戻りつつあったのに、このやわらかな身体に触れられると、それだけでアインシュヴェルの下腹部は力を得て勃ち上がってしまう。

ふたたびあの熱い狭隘《きょうあい》にそれを突き立て、思う存分に暴れたいという願望で頭がいっぱいになった。

「そりゃあ、えっちなことしか考えてないし……」

くっついてきた恋人の下腹部に手を伸ばし、秘裂をくすぐると、彼女自身がこぼした愛液とアインシュヴェルの放った白濁でたちまち指は濡れ、ぬちゅぬちゅと卑猥な音が立った。

「やんっ、待って……そんな、すぐ——」

眉根に皺《しわ》を寄せ、喘《あえ》ぐヴィオレアがたまらなくかわいい。

一気にやる気が再燃したアインシュヴェルは、上体を起こし、力なくくったりした彼女の身体を抱き上げると、胡坐《あぐら》をかく。

そして、屹立《きつりつ》する陽根でヴィオレアを突き上げるように縫い留めた。

「ふぁ、あぁっ……!?」

ヴィオレアは驚きの表情と、挿入された快楽の表情を同時に浮かべ、わけもわからず身体を揺さぶられて悲鳴を上げる。

「ちょ、ちょっと……アイン……っ!!」

「ヴィオレアのやらしー声、ずっと聞いてたい。かわいいな」

休む間もろくに与えず、声が掠《かす》れるまで喘がせ、絶頂に追い立て、ヴィオレアが意識を失うように眠ってしまうまで、終わりのない愛欲で囲い続けた。

――結果。

疲れ果てて泥のような眠りについた後、ふたりが目を覚ましたら、窓の外には西日が射し込んでいて……。

王都散策の約束を破ることになってしまい、ヴィオレアが機嫌を直してくれるまで謝り続けた結果、見事に尻に敷かれる夫が出来上がったのだった。

今日もベルフィアー王国は平和である。

あとがき

こんにちは、悠月彩香《ゆづきあやか》と申します。この度は『奪われ令嬢は盗賊王子の溺愛花嫁に転身します』をお手に取っていただきましてありがとうございます。

新創刊のRuhunaさまにお誘いいただきまして、大変光栄です！

作品を書かせていただくにあたり、なかなかコンセプトがまとまらず、いくつも案を出しては消し、出しては消し……で、右往左往したあげくに、結局、一番最初に勢いで作ったプロットに戻ってみたりと、担当さまには大変ご迷惑とお手間をおかけしてしまいました。申し訳ありません。

本作は「男勝りで元気いっぱいなヒロインを、手のひらで転がしていく俺様ヒーロー」ですが、蓋を開けてみたらやっぱヒロインが最強……！　という大好きな構図です。

とてもすてきなイラストは御子柴《みこしば》リョウ先生です。カラーイラストをいただいた瞬間、ヒーローが美形すぎて目を合わせられませんでした（推しは遠くの物陰から見ていたい陰キャタイプです）。

これを書いている時点ではまだ挿絵は拝見していないのですが、この本が皆様のお手元に届く頃にはどんなすてきなふたりが描かれているのだろうと、今からわくわくしています。

刊行にあたってご尽力くださった関係者の皆様、ありがとうございます。

どうかお楽しみいただけますように！

Ruhuna

お買い上げいただきありがとうございます。
作品へのご意見・ご感想は右下のQRコードよりお送りくださいませ。
ファンレターにつきましては以下までお願いいたします。

〒162-0822
東京都新宿区下宮比町2-26 KDX飯田橋ビル 5階
株式会社MUGENUP ルフナ編集部 気付
「悠月彩香先生」／「御子柴リョウ先生」

奪われ令嬢は盗賊王子の溺愛花嫁に転身します

2024年 3 月29日　第1刷発行

著者：悠月彩香

イラスト：御子柴リョウ

発行人　伊藤勝悟
発行所　株式会社MUGENUP
〒162-0822 東京都新宿区下宮比町2-26 KDX飯田橋ビル 5階
TEL：03-6265-0808（代表）　FAX：050-3488-9054
発売所　株式会社星雲社（共同出版社・流通責任出版社）
〒112-0005 東京都文京区水道1-3-30
TEL：03-3868-3275　FAX：03-3868-6588
印刷所　株式会社暁印刷

カバーデザイン：横山みさと（TwoThree）
本文・フォーマットデザイン：株式会社RUHIA

Printed in Japan
ISBN 978-4-434-33533-4 C0093